ちくま文庫

吉行淳之介ベスト・エッセイ

吉行淳之介
荻原魚雷 編

筑摩書房

目次

第一章　文学

文学を志す　12
私はなぜ書くか　21
「甲種合格」と「即日帰郷」　31
戦中少数派の発言　36
戦没者遺稿集について　43
廃墟の中の青春　47
タダでは起きない　55
作家は職業か　58
草を引っ張ってみる　61
飼い馴らしと書きおろし　64

作品と制作プロセス 68
小説とモデル問題について 72
営業方針について 76
批評家に望む 83
断片的に 84
私の文章修業 89
水のような 95

第二章 男と女

なんのせいか 102
なぜ性を書くか 118
嫉妬について 125
恥 136
やさしさ 146
女を観る目 154

決断　164
青春の本質にあるもの　175
プラトニック・ラブ再考　182

第三章　紳士

紳士契約について　188
金の使い方に関する発想法　194
男のおしゃれについて　200
紳士はロクロ首たるべし　208
「根性」この戦後版ヤマトダマシイ　215
靴のはなし　228
眼の変化　233
雑踏の中で　238
酒の飲み方　241
へたな飲み方　252

食事作法について 265
病気見舞ということ 271
七つ数えろ 276
気に入らぬ風もあろうに柳かな 279

第四章 人物

荷風の三十分 284
三島事件当日の午後 287
文豪の娘について 291
永井龍男氏との縁 294
「件」のはなし 299
川崎長太郎さんのこと 304
昭和二十三年の澁澤龍彥 310
色川武大追悼 314
窮死した詩人との出合い 320

実感的十返肇論　324
＊
四畳半襖の下張「裁判」法廷私記　342
出典・初出　369
解説　大竹聡　374

吉行淳之介ベスト・エッセイ

第一章　文学

文学を志す

文学を志すという明確な姿勢を取ったことがあったかどうか思い出してみると、少なくともいわゆる作家になる以前にはなかったようだ。といって、文学的雰囲気が周囲にあって、おのずから文学と縁ができたというのとも違っている。亡父が作家だったため、そういうふうに見られることがあるので、その点を説明してみる。

だいいち、父親はほとんど家にいることがなかった。めずらしく戻ってきているとおもうと、間もなく縁側のあたりでパンパンという音がひびいてくる。足袋《たび》の底を打合せてホコリを取っている音で、それが外出の前触れの音でもあった。小学校で時折提出させられる身上調査表のようなものの父親の職業の欄には、著述業と書き込むことになっていたが、その紙片を学校から持ち帰ったとき、たまたま父親が居合せたことがあった。彼はペンを取上げると、ものすごい速さで記入をはじめ、あまりの速さのためにしばしば字は形を成さず符号のようになった。そして、職業の欄には、無職、と書き込んだ。私はその「無職」というミミズの並んでいるような文字を見て、甚だしく当惑した記憶がある。

今にしておもえば、文章を書くのをやめて、兜町《かぶとちょう》に事務所を持ち、株の売買をはじめた時期のことだったらしい。彼は私が中学五年生のとき、狭心症で急死したが、その少し前のころ印象に残る二つのことがあった。その一つは、めずらしく家にいた彼がフトンに潜《もぐ》ったまま、私に本屋へ買物に行ってこいと言いつけた。「講談倶楽部」を買ってこいというのである。本屋はかなり遠方にあり、私がその分厚い本を渡すと、めずらしく私の労をねぎらい、「やっぱりこういう本が一番いいよ」と言いながら、頁《ページ》をめくりはじめた。もう一つのことは、「旅」という業界誌に彼の文章が載ったことがある。シナの紀行文で、彼はその頁を開いて眺めながら、「無理に頼まれて昔の文章を載せたが、とても自分の書いたものとはおもえんな。よくこういう難しいことが書けたものだ」と言った。この二つとも、私が垣間見《かいまみ》た情景ではなく、父が直接私に語りかけてきたものだ。

ある意味では文学的環境といえるわけだが、少年の心には毒が強すぎたようだ。父親の書いた小説を、私は一つとして読んだことがなかった。旧制高校の入試で、口頭試問のとき、「お父さんの作品をどうおもうか」と訊《たず》ねられ、「読んだことがありません」と私は答え、試験官は厄介な会話にまきこまれたくないための私の嘘と受取ったらしく、不機嫌だった。軍国時代に、小説の話は禁物だったのだ。父親にたいしての微妙な心理状態が、私をその作品に近づけなかったにちがいない。父の作品ばかりでなく、私は文学書を読むことを好まなかった。

私は自分自身をもて余していた。世間に立派に通用している少年たちと比較して考えてみると、いいところも取柄《とりえ》も全くなかった。そのもて余す気持には、余裕は少しもなくて、劣等感と自己嫌悪に日夜責められとおしていた。中学五年、腸チフスになって隔離病室に入れられたとき、高熱の頭で自分の欠点を五十いくつ数え立ててみて、生きてゆく気持を失ったことがあった。

父親が死に、私はチフスの恢復《かいふく》期になり、そのときからようやく文学書に触れはじめた。そして、萩原朔太郎《はぎわらさくたろう》の『詩の原理』に出会ったことは、私にとって大きな出来事だった。彼はそのエッセイの中で、詩人という種類の人間がどういうものであるか、詳しく書き記している。そして、私が自分自身を持て余す原因となっている数々の事柄は、そのまま詩人の特性として挙げられているではないか。そのときの心持は、劇的であった。心臓のまわりを取囲んでいるセルロイドの殼が、みるみる溶けて消えてゆく気持である。

私は、詩人になれる、とおもったわけではない。そういう考えは、毛頭なかったといってよい。そんなことよりも、私のような人間にも、ちゃんと場所が与えられていたという発見のよろこびである。私はエッセイの次に詩という順序で、朔太郎に触れた。すると、その詩の微妙な味わいが、ことごとく分るではないか。しかし誓って言うが、私は朔太郎ばりの詩を書いたことは、一度もない。芸術は模倣からはじまる、とはしばしば言われることで、またその通りにちがいあるまいが、模倣という言葉の解釈には慎重である必要があるだろう。

旧制高校では、運動部に入った。文化部というのは、クラシック音楽の流れている応接間という感じで、そんなところに文学は無い、とおもったからだ。一つには、自信がなかったこともある。小中学校の作文というものは、なにをやらせても上手な少年が得手《えて》なもので、当然私は下手であった。作文と文学とは無関係ということは分ってきたが、文章を書くことについて勝手が分らず、もっぱら文学書を乱読していた。作家になろうとも、なれるとも思わなかった。だいいち、戦争で死ぬと信じ込んでいたので、そんな先のことは考える余地がなかった。

そういう私が原稿用紙に字を書いてみるようになったのは、一つには同級の佐賀章生と久保道也という早熟の秀才にそそのかされたためである。彼らは私の書いたものは適当にホメ、次のものを書くようにそそのかす。次のものを書くと、それをホメ、前よりずっと進歩したと言いながら、前のものを巧みに批判する。彼らが相談役として引っぱり出した岡田弘先生も、やはりその手口で私をそそのかした。岡田先生は、現在に至るまで私の作品に批評をあたえてくださり、私は先生の綿密精妙な作品評の手紙を、およそ百通、大切に保存している。私が最初、短い文章を岡田先生に読んでいただいたとき、先生の表情は冷淡そのものだった。二度目に三十枚ほどのものを読んでいただいたとき、先生は前とは打って変ったニコニコ顔になって私を見られた。私は自分の才能に疑いを抱くとき、しばしばその笑顔を手もとに引きよせ、辛《かろ》うじて心を立て直したものである。佐賀章生、久保道也は長崎で原爆死し、岡田先生は昨年元気に還暦を迎えられた。

戦争が終るまでに、私は五十ばかりの詩と三十枚ほどの散文詩風のものを二つ書いた。軍国主義全盛のときに、耽美《たんび》的で虚無的傾向の詩を書くことは、意義のあるような気持になった。それに、手本のない自己流の詩を書くことは、ユニークなものを創造しているような気持を起させた。であるから、戦争が終ったとき、戦争中に書きためたものを活字にして発表したいと、なにより先にそうおもった。そこで同人雑誌を昭和二十一年春に出したわけだが、それは文壇への足がかりなどという気持は全くなく、一種の使命感のようなものでさえあった。しかし、しだいに冷静になった頭で、もう一度読み返してみると、どうやらそういうものではない、と分った。それに、いままで反撥《はんぱつ》し嘲笑《ちょうしょう》し、精神の緊張を引起すタネとなっていたものが、敗戦と同時にあっけなく雲散霧消してしまった。

　そこで、私は困った。しかし、こうなっては、乗りかかった舟である。

　どんな世の中になっても（詩人や作家が爪《つま》はじきされず、それどころかアコガレの眼で見られたりする世の中、というほどの意味であるが）、詩人とか作家は、やはり追い詰められ追い込まれて、そういうものになってしまうのが本筋ではあるまいか、と私はおもう。人生が仕立おろしのセビロのように、しっかり身に合う人間にとっては、文学は必要ではないし、必要でないことは、むしろ自慢してよいことだ。

　私が自分で出した同人雑誌は「葦」と名付けたが、誘われるままに「世代」、「新思潮」の同人になった。そして、一年に一、二作の割合で書き、それらの雑誌で活字になった。私はちゃんとした文芸雑誌で、作品が活字になったらどんなに嬉しいだろう、とおもっていたが、作家になりたいとはおもっていなかった。一つには、才能の不足を痛感していたためである。もう少し立派な翼を持っていたら、天高く飛べる筈なのだが、残念ながら私の翼にはあちこち穴が開いていた。そして、芸術にたずさわれることは天才にだけ許されている、と思い込んでいた。また、もう一つは、作品をつくるという作業は甚だしく苦痛を私に与えたので、それを間断なくやるのはまっぴらだ、とおもったためだ。

それならば、書くのをやめればよいのだし、じじつ幾度もやめようとおもった。しかし、しばらく書かないでいると滓《おり》のようなものが軀《からだ》に沈澱《ちんでん》してくる心持になり、それを吐き出したくなる。それが一年に一、二回の割合なのである。二十三年に突然「文学会議」の新人号への原稿依頼状が届いた。同封のハガキに、断りの文章を書き、ポストに入れる直前に思い直した。その作品がキッカケになり、十返肇《とがえりはじめ》氏にすすめられて「薔薇《ばら》販売人」を書き、それを載せた「真実」編集部に督促されて「原色の街」を書いた。いずれも強くすすめられてようやく書き出したという、無名作家にはあるまじき怠惰さで、最初のハガキをそのままポストに入れていたならば、私は別の人生を歩んでいたかもしれない。

「原色の街」が芥川賞の候補になったときには、もちろん嬉しかったと同時に、これに釣られてうっかり作家になろうとおもってはいかん、と繰返し自分に言い聞かせた。そんな考えをもったならば、そして万一作家になれてしまったなら、とんだ苦しみを嘗《な》めることになる、とおもった。私は娯楽雑誌の編集をしていて、ようやく食べられるだけの金は稼いでいた。現在と違って、芥川賞の候補になったくらいでは、どこからも注文はこなかった。ところが、柴田錬三郎氏にそそのかされて、「三田文学」に小説を書き、それも候補作品になった。

そうこうするうち、結核になり、会社はクビになり、入院生活をしているうちに芥川賞をもらい、筆に頼る以外に金を稼ぐ方法がなくなり、またそうするのに便利な状況に置かれた。

このように、私は確乎《かつこ》とした目標を定めて進んできたわけではない。同人雑誌のころ、「芽は若いうちに摘《つ》め」という言葉をはやらせて、資質の感じられない作品を罵《ば》倒《とう》し、その人物が文学から疎遠になることに熱心だった。そして、その言葉はしばしば自分自身にはね返ってきた。それにもかかわらず、いろいろの偶然が重なって、現在作家というものになっている。そして、そのことに、このごろでは宿命のようなものを感じている。これまでは滓が沈澱して自然発生的に作品を書いていた傾向が強かったが、ようやくいくぶん自分の方向というものが分りかかってきた。作家として死ぬまで書いてゆくほかはなさそうだ、という抜きさしならぬ気持もできてきた。ここで、あらためて、文学を志したいとおもう。

ところで、方向が分ると同時に、自分の限界も分ってきた。私は本もののマイナー・ポエットとして「大成」したい。もっとも、大文学というのは味気ないものだ。音楽家にしても、私はドゥビュッシーの方がベートーヴェンより好きだ。ベートーヴェンの面白さは、飯《めし》の中に小石を噛み当てたような蕪雑《ぶざつ》な部分につづいて、思いもかけぬデリケートな部分が現れてくるところにある。そして、そのデリケートな部分は、マイナー・ポエットの作品と同質のものだ。本当に芸術的なダイゴ味のあるのは、マイナー・ポエット的なところなのである。

私はなぜ書くか

なぜ小説を書きはじめたか、簡単にいえば、世の中に受け容れられない自分の感受性や感覚に場所を与えたいという気持ちがはじまりである。

その考えにいくぶんの変化はあるが、根本は同じなので、私が小説を書くときには、最初から沢山の読者を予想していない。むしろ自分自身の眼しか意識しておらず、出来上がったものが少数の読者の共感を得ればさいわいとおもっている。したがって、多くの人の共感を得られないのが情けないという気持ちはなく、文学作品としてはそれが当然という考えである。作品が最大公約数のものとなった瞬間に、それは文学ではなくなるとおもうのである。そういう私が、沢山の読者を満足させる必要のある新聞や週刊誌の小説を書くことは、矛盾していることになる。しかし、これまでに、私はそれを幾つか書き、いまでもときおり註文があるところをみると、ある程度責任を果たしていることになるのだろう。

その場合、多くの読者の共感を得ることは私にとって不可能であるから、なるべく多くの読者に娯《たの》しむ種を提供しようとする。好色的ユーモアがその材料で、そういう作品は文学ではなくて読み物というべきであろうし、そういう仕事はやらないほうが私のためといえるであろう。

（一九六七年）

＊

文学はなにのためにあるか、といえば、文学を必要とする人たちのためにあるので、これは、盲腸がなにのためにあるか、というのとははっきり違っている。それでは、どういう人たちが文学を必要とするか。私は作品をつくると同時に文学の読者であるが、両方ひっくるめて、必要とする人たちの数はそれほど多くはない筈である。

百万人の文学とかいう言葉もあり、人口一億のうちの百万といえばわずか一パーセントであるが、その数さえ多すぎる。文学をつくる側からいえば、一人でも多くの人に読んでもらいたいとおもうのが人情のようであるが、じつは違う。あまり多くの読者を予想できず、万一あまりたくさんの読者があらわれたならば、眉に唾をつけるのが、つくる側の本当の気持である。もしも、百万人の十分の一すなわち十万という読者があらわれたとしたら、その作品の文学以外の要素に惹《ひ》かれたものと考えるのが、妥当とおもえる。

もしも、一時期にそれほど沢山の読者を集めることができるものであったら、文学をつくる人間の本質は別のものになってしまう。この世の中に置かれた一人の人間が、周囲の理解を容易に得ることができなくて、狭い場所に追いこまれてゆき、それに蹲《うずく》まってようやく摑《つか》み取ったものをもとでにして、文学というものはつくられはじまる。最後には、ある程度広い範囲の共感を摑み得るにしても、まず狭く狭く追い込まれるのが、文学にたずさわるものの宿命である。いや、そういう状態になったところで、文学というものにたいする眼が開くのである。

それでは、文学に無縁な人間と、それを必要とする人間との区別について、どう考えるか。私は、トマス・マンがその作品『トニオ・クレーゲル』の中で語っている説に同感するものだが、それはこれまでに何度も繰返してきたことなので、ほかの方角から述べてみよう。

グレアム・グリーンに、「復讐《ふくしゆう》」という私小説ふうの短篇がある。この原稿用紙にしてわずか八枚ほどの作品は、その問題についての示唆に満ちている。

それは、次のような話である。

「十三歳から十四歳にかけてのころ、学校にカーターという生徒がいて、ぼくの心に苦痛を負わせる巧みな拷問の方法を発明した。その方法は、ぼくが置かれているかなり厄介な立場の二つの面——父がぼくの学校の校長であり、兄がぼくの家を牛耳っているということ——を利用したものであった。カーターは大人っぽい想像力の持主だったから、二つの忠誠——仲間に対する忠誠と父や兄に対する忠誠との間で、ぼくが悩むだろうと推測することができたのである。父と兄につけられた軽蔑的《けいべつてき》な綽名《あだな》は、まるで爪の下にこじ入れられた細い木片のように作用した。

しかしカーターとは結局、なんとかうまい具合にやることができたろうという気がする。両方の側に、不承不承の尊敬とでもいうべきものがあったと思うのだ。ぼくは彼の残酷さを尊敬していたし、そして彼は、奇妙なことに、彼がぼくの内部で傷つけているその対策を尊敬していた。拷問者と被拷問者とのあいだには一種の関係が生じて来る。拷問が続行し、拷問者が失敗しつづける限り、彼は相手を自分と対等の者として認めることになるのだ。ぼくは後年、カーターへの復讐をまじめに考えたことはなかったのである。しかし、ウォトソンとなれば話は別であった」(丸谷才一訳)

「ぼくの生涯のなかで、あのころは友達がほとんどいなかった時期である。ぼくは『〇〇爺さんの息子』として、まるでスト破りのように孤立していた。そしてウォトソンは数すくない友達の一人なのに、カーターに味方してぼくを見捨てたのだ。ウォトソンには、カーターの洗練はまったくなかった。カーターは絶えずぼくに対して、友情を（まるでお菓子のように）与えるそぶりをしてはひょいと引込め、拷問はどこかでいつか終るという印象を残すようにするのであったが、ウォトソンは、想像力を欠いた下手《へた》くそなやり方で、その真似をするのである。彼ひとりだったら、ぼくの心を傷つけることはまったく不可能であったろう。しかし、それにもかかわらず、ぼくが復讐を誓ったのはウォトソンに対してであった」

　グリーンの場合は、こういう形で、狭い場所に追い込まれ、劣等感を持つようになる。「もしあの屈辱の思い出がぼくに、自分が何かで優れていることをたとえどんなに長い間の努力が必要であろうと立証したいという激しい欲望を起させなかったならば、ぼくは果して小説を書いたであろうか」という言葉が出てくる。これでは、まるで復讐の武器として小説を選んでいる印象を与えるが、それだけのことではあるまい。少年の頃、激しく傷つくということは、傷つく能力があるから傷つくのであって、その能力の内容といえば、豊かな感受性と鋭い感覚である。そして、例外はあるにしても、その種の能力はしばしば、病弱とか異常体質とか極度に内攻する心とか、さまざまのマイナスを肥料として繁ってゆく。そして、そういうマイナスは、とくに少年期の日常生活において、大きなマイナスとして作用するものだ。さらに、感受性や感覚のプラス自体が、マイナスに働くわけなので、結局プラスをプラスとして生かすためには、文学の世界に入って行かざるを得ない。追い込まれたあげくに、一つの世界が開かれるのを見るのである。萩原朔太郎が、なぜ文学をするのかという答として、「復讐！」と答えているが、これも右に述べたようなところから理解すべきであろう。

グリーンが、カーターを心の一部で許し、ウォトソンを憎悪するのは、カーターの中に自分の問題を嗅ぎつけているためである。ウォトソンの神経を傷つけるためには鉈《なた》が必要なのであり、ウォトソンには「拷問ごっこ」に参加する資格はない。それなのに、参加して、しかも十二分にその役割を果していることが、グリーンには許せない。

文学に無縁な人間の像として、グリーンはウォトソンのタイプを描いた。この像と、トマス・マンが『トニオ・クレーゲル』で描いたものとを比較すると面白い。マンによれば、文学を必要とする人間は「詩を人生への穏かな復讐とする人、つまり、いつもきまって悩んでいる人、あこがれている人」であり、一方無縁な人は「碧《あお》い眼をした、精神を必要としない人たち」である。けっして悩まず、うしろを振返ってみることもなく、ダイヤモンドのような頑丈な心を持った人たち、である。マンは、そういう人種を軽蔑しながらも、そうなれたら、とあこがれの気持を抱いている。

グリーンの場合は、どうか。

少年の彼は、ウォトソンに復讐する情景をひたすら思い描く。その白昼夢のなかの復讐は子供っぽいもので、コクテル・パーティでウォトソンに出会い、公衆の面前で彼の顔を平手打ちするという情景である。

「ぼくはずいぶん長い間、あの時期のことを思い返すたびに、まるで石の下の虫のように復讐欲が生きながらえているのに気がついたものである。唯一の変化は、石の下を見ることがだんだん頻繁でなくなってゆくことであった。ぼくが小説を書きはじめると、過去はその力の一部分を失うようになった。それは書かれることによって、ぼくから離れたのである」

そして、グリーンは四十五、六歳になって、ウォトソンと出遇《であ》うのである。クアラルンプールでクリスマス用のウイスキーを買っているときのことである。

「グリーンじゃないかい？」

小さい口ひげのある、狐《きつね》のような顔の男が、ぼくのすぐそばに立っていた。

「ええ、しかし……」

「ぼくはウォトソンだよ」

「ウォトソン？」

すぐには、思い出せなかったのである。

「思い出さないかい？　学校で一緒だったんだぜ。カーターって奴と、しょっちゅう遊んだじゃないか。ぼくたち三人で。ほら、君はいつも、ぼくやカーターを手伝ってくれたっけ――ラテン語の下調べのとき」

彼の顔を平手打ちする気持は、まったく起ってこない。

「ラテン語は、ぼく、不得手だったけどな」

「とにかく、おれたちよりは出来たよ」

「今は何をしているんだい？」

「税関づとめ。君、ポロはやるかい？」

「しない」

「一晩、見においでよ。ぼくがするのを」

「ちょうど、マラッカに立つところでね」

「じゃあ、帰って来たら。昔のことでもお喋《しゃべ》りしよう。仲よしだったからな――君とぼくとカーターは」

「カーターはどうしたかしら？」

「電信隊にはいって、戦死したよ」

「じゃ、マラッカから帰って来たら……」

ウォトソンと別れてホテルへ帰りながら、グリーンは複雑な気持でしきりに考えつづけた。もしウォトソンとカーターがいなかったなら、はたして自分は小説を……、というようなことを考えているうちに、しだいにウォトソンが記憶から脱落してゆくのを感じた。そして、マラッカから帰ってきたときには、彼のことは忘れ果てていた。

「実際、彼に電話をかけなかったこと、彼がポロをするのを見なかったこと、仲よしの三人組についての思い出話をしなかったことにぼくが気がついたのは、つい先週なのである。無意識の領域について言うならば、たぶんそれが——彼はこんなにあっさり忘れてしまったことが、ぼくの彼に対する復讐なのであろう。今、ぼくは知っている。たとえもういちど石を持上げてみても、その下に何も生きていないということを」

この結末には微妙なものが含まれていて、「石の下に何も生きていない」という言葉は、往年の強者と弱者の立場が入れ替り、わがこと成れりといった心持で、もうこれ以上小説を書いてゆく必然性が無くなった、というニュアンスを感じさせないものでもない。「石の下の虫」とは、文学を衝き動かしてゆく情熱、と解釈しないで、たんにウォトソンにたいする復讐欲と考えたほうが、グリーンにたいして親切といえるだろう。

たとえば、一つの戦争が起る原因を、遠因と近因とに分けて考えることを、中学の歴史の時間に教わった。文学作品をつくる場合、追究するテーマというものがあり、もちろんそれを追究する情熱というものがあるわけだが、これはいわば「近因」である。一方、その作者がむかし文学をつくるという場所に追いこまれたこと、そのときのはげしい心持、それが「遠因」といえるわけで、その遠因がいつまでもなまなましく、一種の情熱というかたちで残っていないと、作品に血が通ってこない。

私がグリーンの短篇を引用しながら話を進めたので、どうやら話が厄介になったようだ。その短篇には、彼が一人前の作家として世間に認められたとき、「遠因」が消え失せてしまう、とおもわせるところがある。しかし、グリーンもそんなことでは埋めることのできない、深い暗い穴を心に持っていた、と考えるべきであろう。そういう人たちが、ダイヤモンドのような頑丈な心を持った人たちにたいして、軽蔑と羨望《せんぼう》とを同時に抱きながら、文学というものに繋がってゆく。

「甲種合格」と「即日帰郷」

「神と天皇とどちらがエライのですか」

日本にあるミッション・スクールの先生が、生徒にそう質問されて苦しむ場面を、中学生（旧制）のとき石坂洋次郎氏の「若い人」の中で読んで、大へん興味深く感じたのを覚えている。

いま調べてみると、場面の構成がすこし違うが、ついでに分ったことは、昭和十四年にこの作品が不敬罪で告訴されていることだ。おそらく、こういう箇所も関係があったのだろう。

戦後、天皇が人間宣言をして、皇室のグラビアが女性週刊誌などにやたらに出るようになった時代に育った世代には、理解できないことであろう。「現人神《あらひとがみ》」という言葉があって、天皇は人間の姿をした神である、ということになっていた（私は小学生の頃からそうは考えていなかったが）。

学校の講堂で、校長先生が訓辞をする壇のうしろに戸棚があって、その中に「ご真影」と称して天皇の写真が収めてあった。校長の話のなかに、「天皇陛下」という言葉が出てきた瞬間、生徒たちは姿勢を正さなくてはならない約束事ができていた。椅子に腰かけている場合には膝をそろえなくてはいけないので、足の裏が床に擦れる「ザーッ」という音が一斉にひびいて、これがなんとも鬱陶《うっとう》しかった。学校が火事になって、その「ご真影」すなわち一枚の写真を焼いてしまった責任を感じて、校長が自殺するという事件が当時起ったが、こういうことはいまでは想像を絶することであろう。

これらのことを思い出すと、どうしても気持が昂《たか》ぶってくる。軍隊に関しては、私は四日間入営していただけで「即日帰郷」なのだが、それはありふれたことで、語るまでもない。ただ、その言葉自体が死語に近くなっているので簡単に説明すると、一たん軍隊に入れられたが、病気（当時としては主として結核）を発見されて、召集を解除されることである。即日といっても、入営二日目くらいに、上官に名前を読み上げられた者は、軍医のところに行ってもう一度検査を受け、その結果によって「帰郷」かどうかきまる。

私の場合、すこしは珍しい点といえば、満二十歳の徴兵検査で甲種合格となっていたのに、いわゆる即日帰郷になったことだ。当時甲種の兵隊がそういう措置を受けるのは、一万人に一人くらいだといわれた。

また、病身のイメージの強い私が、甲種合格になったことに驚く人が多いが、これはタネを明かせば簡単である。戦争末期には、身長と体重のバランスが取れており（私の場合は、一七〇センチ、六〇キロ）、目と肺が悪くなければ、たちまち甲種にされてしまっていた。そのころ、文科系の学生の徴兵猶予が廃止になり、十九年の夏に赤紙の召集令状が届いて、九月に岡山の連隊に陸軍二等兵として入れられた。

二日目に、前記のように上官が名前を呼び上げ、「ほかに体の調子が悪いとおもうものは申し出よ」と付け加える。しかし、うっかり申し出ると「おまえは天皇陛下の軍隊にいることが不服なのか」とか言われて、半死半生になるまで殴られることがある、という知識を私は持っていた。しかし、どうも風邪気味で居心地悪く、せめて演習を数日休ませてもらおうと、申し出てみた。

はたしてフンイキは険悪になったが、殴られはしなかった。このとき、軍医に私自身も知らなかった「気管支喘息」を発見されて、四日目に兵営の門を出ることができた。当時は、ゼンソクは老人病くらいに考えられていて、アレルギーなどという言葉も、一般には知られていなかった。

これで軍隊と縁が切れたとおもっていると、翌年二月にまた徴兵検査に呼び出され、係官に前年の経緯について述べたが、また甲種合格にされた。いつ赤紙が届くかとおもっているうちに、八月十五日の敗戦の日がきた。二度甲種合格になった、ということが珍しがられるが、これは個人の問題にとどまる些事である。私は二十年四月に東京の大学に入っていて、連日のように空襲を受けていたから、軍隊の内務班（説明省略）の厄介さを除けば、兵営にいるのと似たような日常で、五月二十五日の夜の大空襲で家を焼かれた。

昭和二十年には、大学にも夏休みはなく、私は大学図書館に勤労動員されていた。大学は、学生たちの持ち寄る情報の交換所でもあって、アメリカ軍が上陸して本土が戦場になるというのが私の見通しであった。八月に入って、軍は敗戦を覚悟しその処理についての会議が開かれている、という情報が伝わってきた。八月六日、広島に原爆。それが原子爆弾と分ったのは八日で、それまでは新型爆弾と発表されていた。マッチ箱一つくらいの大きさで富士山が飛んでしまうほどの爆弾が研究されている、という噂は伝わってきていた。九日、長崎に原爆。

天皇がポツダム宣言受諾の放送をするという情報を聞いたとき、狂信的軍国主義者が戦争をつづけるために本土各地で蜂起することは起らないで済んだ、と私はひそかにおもった。天皇の言葉は「唯一絶対」というキマリが、ここでようやく役に立つことになった。

占領時代がはじまったが、それは予想よりはるかに苛酷ではなかった。たしかに、軍国主義の時代はおわったが、いわゆる民主主義の時代がはじまったと考えたことは、私には一度もない。現在でも、無条件降伏という形の敗け方の返済が終っているのか、三十年くらいであああいう敗け方のカタが付くものかどうか、私にはまったく分ってこない。

戦中少数派の発言

昭和十六年十二月八日、私は中学五年生であった。その日の休憩時間に事務室のラウド・スピーカーが、真珠湾の大戦果を報告した。生徒たちは一斉に歓声をあげて、教室から飛び出していった。三階の教室の窓から見下ろしていると、スピーカーの前はみるみる黒山の人だかりとなった。私はその光景を暗然としてながめていた。あたりを見まわすと教室の中はガランとして、残っているのは私一人しかいない。そのときの孤独の気持と、同時に孤塁を守るといった自負の気持を、私はどうしても忘れることはできない。

戦後十年経っても、そのときの気持は私の心の底に堅いシンを残して、消えないのである。

中学生の私を暗然とさせ、多くの中学生に歓声をあげさせたものは、思想と名付け得るに足るものとはおもわれない。それは、生理（遺伝と環境によって決定されているその時の心の肌《はだ》の具合といったものともいえよう）と、私はおもう。そして、中学生という立場は、生活の糧《かて》をかせぐ必要もなく、特高警察に監視されることもないものなので、自分の内部を歪《ゆが》めて外側の風潮に合わせる地点に追い込まれることはなかった。したがってその生理は原型のままに保存されていたわけだ。

そういう私の生理は、幼年時代から続いている戦争やそれに伴うさまざまの事柄を、はなはだしく嫌悪していたのだが、そういうものから逆に鼓舞される生理が圧倒的多数存在していたのである（参考のために付け加えれば、私は徴兵検査は甲種合格で運動神経もまんざらない方ではない）。

旧制高校に入学してあたりを見まわすと、私に似た生理に属する少年は、中学のときに比べれば多くなっていた。あの時代ほど友人になれる相手かどうかの判別が明瞭だったことはない。二言、三言話し合えば、すぐに分類がついたのである。そして、青少年を軍国主義に統一しようとした当時の権力のやり口が、どうしようもないほどの愚劣さを含んでいたことが、私たちの生理を原型のままに維持させて行った（戦後発表されたナチのやり口は、最新の科学を剛に柔に応用して生理に変化を与え、精神を変形させようとしたもので、そういうやり口で攻められたらどうなっていたか、私には自信がない）。

その当時、私が書物を濫読したのは、自分と同じ生理に属する人間を、東西の作家の中に見出そうとしたためと言ってもよいくらいである。同年代に同じ環境に置かれたという点から世代というものが設定されるのだが、同じ環境の中に置かれても、それが内部に達するまでの屈折の具合が違うならば、同じ体験をしたとは言えない。

千年前の人間の精神構造の原型に自分の精神を見出すこともあり、同年代の人間と全く相容れないこともあるのは、言うまでもない。

村上兵衛の「戦中派はこう考える」は、東京新聞で臼井吉見氏が言われたように、長い間あたためておいた考えが流露しているので好論文になっている。村上は私の友人であるので、直接話し合った事柄から察しても、軍隊の中では異端者であったに違いない。しかし、彼の論文の中で最も私の気持にひっかかるのは、その文中の「私の士官学校の同期生二千人のうち千人が戦争で死んだ。彼らが天皇を信じていたかいなかったかを問わず、空《むな》しく斃《たお》れた友人の誰彼の童顔を想い浮べると、私の心は穏やかではないのである。天皇を信じていなかったとするなら、彼らは殺されたのであり、天皇を信じていた男にとっては裏切られたのである」という部分である。

幼年学校を受験するのは中学二年、士官学校なら中学四年である。その年齢になれば他からの強制によって軍人への道を選んだわけではない。自分自身の意志で、いや敢えていえば自分自身の生理が選び取った道である。

軍人への道を選んだことの善悪は、私には、判断がつくことではない。ただ、そのことにたいして、自分自身がまず責任を負わなくてはならぬとおもうのである。「いたずらに甲高く叫ぶような人種を自分たちは信じない。学生運動が華《はな》やかだったころ革命前夜を呼号した学生指導者たちの目の中に、かつて自分にピストルをつきつけた敗戦前後の蹶起《けっき》将校と同じ目の色を見た」と、村上兵衛は言う。同感である。旧制高校で同学年だったウルトラ軍国主義者が、いつのまにか東大の学生運動の指導者になっていたのを、私は知っている。

しかし、戦争中もっとも甲高く叫んだ人種の中には、士官学校の生徒は含まれていなかったか。私は彼らを信じない、というよりは自己形成の最重要期である十八歳前後に、心の肌の具合がはっきり異なっていたことを痛感する。今となっては、彼らを「ダマされた可哀そうな人たち」と考える余裕はできている。

しかし、それと同時に、彼らを憎む気持も強く尾をひいて残っている。当時、彼らはいわゆる大義名分によりかかって、あまりに私たちに向って罵《のの》り叫びすぎたのである。

浅田光輝氏が、読書新聞に「戦中派の発言」と題して、村上兵衛の論に切実に共感しながらも、それと食い違った点について書いている。

ここにその全体を要約するスペースがないが、私はその鋭く深い論旨に敬意を表し、かつ同感する。村上は「戦中派の私たちに責任はなかった」という立場から論旨を展開させているが、浅田氏は「まったく責任がなかった」という立場には立てないと言う。その理由について氏はこう言う。

「大学を出るとすぐ学徒出陣で中国の戦場にあった私は侵略戦争を批判し否定することを心得ていた当時のわずかな一人であった。そのため予備士官になれず兵隊に終始した。それなのに私は、私の批判的信念を仲間の兵隊に伝えることもできず、残虐きわまる戦場から脱走することもできなかった……。すべての結果は個人の抗しえなかった権力者の強制による結果だったのである。しかし、そうした権力者の強制のもとでどうにもできなかった自分のみじめさを深く自覚することがなければ、この権力者の強制のおそろしさも本当の意味で理解しえまいし、それにたいするはげしい怒りも生れてくることはできないだろう」

浅田氏は私より六年年長である。思想というもので時代に反撥した氏は、自分の惨《みじ》めさの自覚を右のような点に発見した。生理をもって時代に反撥した私は、異端の気持と疎外されている気持を持たないわけにはいかなかった。そしてこの気持は、惨めさの自覚にもつながり、と同時にその裏側に自負の気持もくっついているのである。

生命を維持するためのわずかな金をかせぐためエラスムス流の生き方を身につけようとしたのは戦後のことで、戦時中は私はまことに初心で潔癖であった。そして、時代の風潮に反撥することに、いわば、情熱を燃やしていた。

そして、その情熱は、酬《むく》われるところなく死へ至る道へ向けられたものであった。なぜならば、戦は敵が本土に上陸してメチャメチャになって、はじめて終るだろう、もしそれまで生きのびているにしても、そうなったら思い切りよく死んでやろう、と私は考えていたからだ。

昭和二十年の八月十五日を境に、それまで死ぬことばかり考えていた私は、生きることを考えなくてはならなくなった。そのとき私を襲ったものは解放感と、同時に思い詰めた気持の行き場所を失ったような虚脱感であった。結局、戦争が終って私に残された二つの大きなものは、この虚脱感と人間にたいする不信の気持であったといえる。そしてこの二つは、今でもたえず隙間風《すきまかぜ》のように私の心の中に吹き込んでくる。

私は、私のような少年が戦争中に少数だが存在していたということを、一つの材料として提出したい。どういうものか、このことはだれもほとんど言い出そうとしていない。おそらく、声を大にして公表することをためらう生理に属しているからであろう。

それともう一つ。村上兵衛の論文はかなり大きな公約数をつかむことだろう。しかし、当時愚劣なことを叫び散らしていた人種が、彼の好論文に負ぶさって、自分たちのかつての立場を正当化しようとする危険性もあることを指摘して置きたいのである。

戦没者遺稿集について

私は旧制静岡高校の第二十一回卒業であるが、本来ならば第二十回文丙の卒業生である。したがって、『地のさざめごと』という本（旧制静高戦没者慰霊事業実行委員会発行のもの）に収められてある第十八回以降の人々の名前をみると、おおかたその顔や姿を思い浮べることができる。二十回文丙の岐部謙治とは仲が良かったし、とくに佐賀章生、久保道也の二人とはきわめて親しい関係にあった。

この本に収録されている佐賀の小説「晩夏」は、私が戦後つくった同人雑誌に昭和二十一年に掲載されたものである。この短篇を読んでも、彼の資質は分るとおもうが、戯曲のほうに一層熱心であった。作品の大部分は、長崎で原爆を受けたときに、彼自身とともに失われたが、「葦」という三幕の戯曲の下書きのノートを焼け跡から長崎医大の同級生（たしか吉田和人というかた）が拾い出して佐賀家に届けてくださった。彼のクセのある文字は家族のかたも読めなかったので、同級の大島重夫と私とが清書した。私はその決定稿を読んでいたので、記憶をたどりながら、すこしずつ修正して清書した。

この戯曲は、戦後ある雑誌に掲載されることにきまったが、発表直前にその雑誌が廃刊になった。また、昨年、劇団「雲」のアトリエ公演で発表されるという話も出たが、そのままになっている。要するに、私の言いたいのは、彼の秀れた資質と、戦後も通用する作品を当時二十歳くらいの青年が、戦時中に書いた、ということである。

私は二年に進級して一月ほど経ったとき、一大決心をして休学した。そして、東京の家に帰って、書物の乱読をした。心臓脚気というニセの診断書を、学校に提出したのである。そのため、東京・静岡間の手紙のやりとりがおこなわれるようになり、久保道也の手紙をいまでも数十通保存してある。この本に収めてもらいたい手紙だったが、どういうわけか、私はこの本が出来上るまで、なにも知らなかった。おそらく、私の住所があいまいな時期だったので、連絡が取れなかったのであろう。

久保道也が戦時中に書いて学校に提出したレポートに、「アメリカのピューリタニズムとパイオニア精神について」というのがあった。こういうことが、どれほどの意味をもっているかが、現在ではすこぶる伝えにくくなってきた。丸谷才一は『笹まくら』で、戦後間もなく徴兵忌避をしたことが一種の勲章になっていたのに、年月が経つにしたがって逆にそのことがマイナスに作用しはじめた主人公を描いているが、どうもそういう傾向が強くなりつつあるので、当時の学園の雰囲気を伝えるのには手数がかかる。

学徒の徴兵延期が取り消されてからは、当時の学生はいくつかのタイプに別れた。いや、静高というかなりリベラルな雰囲気の残っている学校に限ってみよう。第一は、戦争を聖戦と信じてお国のために忠義をつくすというタイプで、これはごく少数であった（これが、戦後おれたちはダマされていた、ということにつながるわけだが、このタイプは旧制高校にはほとんどいなかった、といってよい）。第二は、どうせ死ぬのだから、なんとか自分の死に意義を見つけたい、といろいろ本を読み、ようやくこの戦争に意義を見つけた、と信じたタイプ。これはかなりの人数があった。第三は、いくら見つけようとしても意義が見つからず、デカダンになりニヒルになるタイプ。第四は、あたまから戦争ぎらいで、文学書を乱読するタイプ（私及び私の友人たちは、この第三、第四の混り合ったタイプが多かったが、このタイプは全体からみれば少数派であった）。第五のタイプは（信じがたいとおもわれるかもしれないが）、ひそかに共産主義を信奉している、きわめて少数の人たち。

この五つのタイプを並べてみると、軍人はきらいだが、愛国心には燃え戦争が勝つようにと努力するというタイプが欠落しているのが特徴としてみられる。であるから、第三、第四のタイプは、敗戦を軍国主義と画一主義の崩壊とみなして、自分たちの敵が負けたという錯覚をもった人が多かった。私もその一人である。

ところで、この本は以前から私の本棚にあるが、どうしても開いて読む気がしない。高橋和巳氏が「散華の精神」という著作を発表したとき、その内容も知らないし、その精神を肯定しているかどうなのかも知らないまま、私はその題名に腹を立てた。「散華」どころか、「犬死」なのである。この本に収められている人々はほとんどすべて（聖戦と信じ込むことのできた幸福な人があれば、その人は除いてもよいだろう）、強制的に犬死させられたのである。佐賀も久保も岐部も、みんな「犬死」であり、後に残った人々がそう認識することが、彼らにたいする「慰霊」なのである。

廃墟の中の青春

　僕が大学に入ったのは、昭和二十年つまり敗戦の年の春である。物資がさっぱり無い時代で、帽子屋には一つも帽子がなく、徽章《きしょう》さえ売っていなかった。大学生になった以上一度は帽子をかぶってみたいとおもい、ようやく先輩のを手に入れたが、一カ月ほどかぶると倦《あ》きてしまった。帽子をかぶることに倦きたと同時に、大学というものに倦きてしまったらしい。以来、僕は今まで制帽にかぎらず帽子をかぶったことがない。

　欠乏の時代に育ったので、僕の思い出はしばしばその不如意さということに結びつく。たとえば、食物の記憶といえば、うまいものを食べたことよりも、あやしげなものの珍妙なものを食わなくてはならなかったことに一層強くつながってゆく。大学の赤門のちかくにある白十字という喫茶店は、当時も外見は今とほぼ同じでショウシャな店構えであったが、そこでイルカの味噌煮だけ売っていたことがある。学生たちは列をなして順番を待ち、かすかに悪臭のただよっている味噌煮の皿を手に入れたものだ。

白十字で思い出したが、その傍に焼け崩れたビルがあり、そのビルの奥の方の一室で美人の姉妹が喫茶店を開いていた。ズルチン入りの大豆コーヒーを飲ませるのである。同じ英文科の学生に、その姉の方に惚れている男がいて、小指の爪だけマニキュアのエナメルで赤く染めているのである。何事か？　といぶかしくおもったが、それは恋をしているしるしなのだそうだ。たわけた奴だと不快におもっていたが、そういう稚気《ちき》のある気取りは青春にしか在り得ないものといえる。

稚気のある気取りは、僕には小指の赤エナメルという形では現われなかったが、別の形で現われた。

その一つ。偶然知り合った女性に、恋文といえる手紙をもらった。鉛筆の走り書きで、感情のよくあらわれた無駄のない良い文章だとおもった。ところが二通目の手紙になると、ひどく低調になった。綺麗なペン字の長文の手紙なのだが、無駄が目立って仕方がない。赤エンピツを握って、不用の部分を削りはじめると、最後にはその手紙の五分の四は真赤になってしまった。こういうことをしたのも、やはり自分自身にたいする一種の気取りとおもえる。

この時代のことを思い出すと、さまざまの情景が強烈な匂いをともなって、頭の中を走りすぎてゆく。その匂いは、青春の匂いというものであろう。

終戦になってすぐ考えたのは、同人雑誌を出すことだった。全国で一番はやく出た同人雑誌になりたい、とおもった。

どうせ出すならガリ版刷りでなく活字の雑誌にしようとおもったが、金もなく印刷所も心当りなく難航をきわめた。世の中全体が不如意な時代だったが、とくに僕は不如意だった。僕は品物を疎開させても仕方がないとおもっていたため、戦災で全く無一物になった。近親は田舎で居候をしており、僕は一人で下宿外食の生活をしていた。栄養失調のため顔に白い粉が吹き出しはじめ、駅の階段の上り降りにも息が切れたが、若かったために意気だけはさかんだったようだ（余談だが、貧乏というのは一向にタメになるものではないようだ。気持をもちこたえるだけで精一杯で、そのエネルギーを他にまわした方がよっぽどタメになる、と僕はおもう）。

印刷所はどうやら見つかったが、金の方はさっぱりである。丁度そのころ、旧円と新円との切り替えの時期がきた。余分の旧円をもっていても紙片同様になってしまうわけだ。印刷所の方は切り替えの時期前に旧円で支払えば、雑誌を作ってやる、と言ってくれた。なにかカラクリがあって、そうすれば旧円が生きることになるらしい。そこで、僕は旧円を借りてまわった。どうせ置いておけば紙屑になる金だから、集めやすかった。もっとも、こうして集めた金を僕は寄附金だとおもっていたところ、後日大口の貸主から返済を催促されて閉口した。四苦八苦して返したが、僕に貸した方では紙片が金となって生き返ったわけだ。そんな金を催促するとは、金を持っている人間の気持は不可解だ、と僕はそのとき考えたものである。

このようにして、二十一年の三月にどうやら第一号を出した。同人六名、三十二頁の小冊子である。僕は作文が甚だ不得手で、小学、中学、高校と校友会雑誌の類に文章が載ったことは一度もない。自分の文章を活字で見るのは生れてはじめてのことで、すこぶる興奮した。すべて生れてはじめてのことは、強い刺戟を与えるものである。この第一号は二千部印刷した。同人たちは、トンデモナイせいぜい百部くらいでいいよ、と反対したが、反対を押し切って刷ってしまった。これが、全部売れてしまった。戦争直後の人々は、活字に飢え切っていたのである。私鉄の某駅の傍の書店へ五十冊委託してみたところ、たちまち四十九冊売れてしまい、手垢で汚れた一冊だけが売れ残っていた。

この雑誌にはとり立てて言うほどの反響はなかった。もっとも僕にとっては、一つだけほほえましい思い出がある。

同人のO君が昼飯を食べていて、ふと弁当箱を包んであった日本タイムスに眼を落すと、そこに僕の詩が英訳されて載っていたのである。日本タイムス社からは何の連絡もなかったので、O君が眼を下に向けなかったら、そのことはそのまま知らずに僕の前を通り過ぎてしまったわけだ。

僕は、「どういう経緯で、僕の詩が載ったのか」とタイムス社に問い合わせ状を出した。折り返し返事があって、それには英文タイプで打ったローマ字の文章がぽつんと記されていた。「ヨカッタカラ、ノセタノデス」必要以上に昂揚しがちの青春期の人間にたいする取り扱い方として、タイムス社の無名氏のやり方は当を得ていたとおもう。

同人雑誌の方は夏に二号が出て、僕はその方の仕事にかかり切っていたが、生活してゆくために方々に借金ができていよいよ首がまわらなくなってしまった。

丁度その頃、中学時代から仲良くしていたK君が南方から帰ってきた。彼は中学を出ると軍属になって南へ行ってしまい、その土地の女性と結婚していたが一人で戻ってきた。彼は父親と仇敵のようにいがみ合っていたので、帰ってきても居場所がない。そこで僕のいる部屋にやってきた。丁度、南方から移入されたブンガワンソロの歌が流行しはじめた頃で、ラジオがその歌を放送していると、K君が寝呆けて跳ね起きたのを覚えている。K君の南方の女性はダニエル・ダリュウに似た華比混血児で、しばしばその歌を口遊《くちずさ》んでいたというので、錯覚を起したのである。

その K君が、エンゲージリングのダイヤモンドをひそかに持ち帰っていて、それを売り払った。その金の一部で、僕の借金を全部払ってくれた。そこで僕は心機一転して、アルバイトの口を見附けることにした。大学へは時折出掛けて行っていた。銀杏並木の突き当りの芝生に寝そべることと、中野好夫先生のメルヴィルの「モビイ・ディック」(去年白鯨という名で映画になった)とメレディスの「喜劇論」の講義が気に入っていたのである。そのころはまだ卒業するつもりがあって、卒業論文はスターンときめており、「トリストラム・シャンデイ」などぽつぽつ読んで(これはすこぶる難解であった)いた。僕は結局大学は卒業しなかったが、中途退学を申し出た記憶もない。授業料を一度も払え(あるいは払わ)なかったから、おそらく除籍処分にされたのであろう。

やがて、僕は家庭教師の口と女学校の講師の口を見附けた。三年生の英語を受持ったが、教壇でテキストを開いてはじめて中に何が書いてあるかを知るのである。これも、若気の至りの気取りというものであろう。もっとも、一度だけ発音不明の単語が出てきて閉口した。鶏の鳴声で、コックアドゥードルドゥ、というやつで、こういう単語は僕のそれまで読んだ本には出てこなかった。僕は生徒たちがあまりに不出来なのに腹を立てて、通信簿には一斉に悪い成績を附けておいた。これは今思い出すと、悔まれて仕方がない。もっと、うんと甘い点数を附けておけばよかった、とおもうのである。大人気なかったという気がするのである。

この学校を僕は二十二年秋にやめた。某娯楽雑誌社にアルバイトの口が見附かったからである。当時は新しい雑誌を出すためには、出版協会に登録してある雑誌の権利を買い取らなくては発行できなかった。そこで、僕たちの同人誌の権利を某社に売ったのである。この売り込み振りが見事である、と僕は信用を得て、ついでにアルバイトの口もその社が与えてくれた。当時の金で二万円が手に入り、そのころの二万円はなかなか使い出があった。印刷所その他の借金を全部返し、残りは同人一同で大宴会をやって雲散霧消した。

当時、その社主催の座談会で、獅子文六氏にお会いした。氏は学生服の僕をつかまえて、いろいろ質問された。

「たとえば、君たちが女性とつき合って子供が出来たらどちらが引き取ることになる?」

「引き取ることよりも、生まないで、オロしますね」

「なるほど、そういうときは金はどうする？」

「金を持っている方がたくさん出すわけです」

そんな会話を覚えている。当時、アプレという言葉が、後年の太陽族に似た意味で使われていたので、氏はその生態を調べておられたのであろう。

戦争に傷めつけられて育った世代の考え方は、今の太陽族のものよりも、大人にとってははるかに捉えにくい感じであったろうとおもう。しかるに、今は時折、二十歳ばかりの青年をつかまえて、「君たちは、こういう場合」などと質問している自分に気附いて苦笑することがある。

タダでは起きない

僕はころんでもタダでは起きないことにしている。生れつきはそうではなく、ガラス細工のようにもろい神経なのだが、ある時この細くて透明な神経をそのままの形でビニール化して、強じんなものにつくり替えようと発心した。とくにこのごろでは、モトデをかけたものは、すべて小説に書くことによって回収してやろうと考えている。一種の復しゅう心理でもある。

まだ回収しのこしているものがたくさんあるが、その中でもっとも大きいものは戦争の時期のことである。このごろ僕は、この時期をますます重大におもうようになった。敗戦の年に僕は大学に入ったので、戦争末期はちょうど人間の自己形成にもっとも大切な年齢にあたっている。それに、この時期にたいして僕のかけたモトデはなかなか大きいものである。すなわち、この時期に受けた傷が大きいということだ。敗戦の日いわゆるダマされていたことに気づいたという多くの青少年に、僕は属していなかったのだから、その傷は一そう深いのである。

先日のこの欄で山本健吉氏が僕たちのことを「不良上り」と言われたが、僕個人はこの言葉を光栄とするものである。戦争末期の僕は、自分では不良のつもりは全くなかったが、世間あるいは学校当局から見た僕の言動は、大そう不良なものであったろう。当時小さな町の旧制高校生だった僕は、毎日腹をたてて暮していた。酒も毎日わざと飲んだ。「飲酒退学」という「角ヲ矯メテ牛ヲ殺ス」ような校則があったからである。そのころ、高校で退校させられることは、社会の外へはじき出されることを意味していたのだから、不良な言動をするにはかなりの覚悟とエネルギイが必要であった。これはもとより、思想的に深く根をおろしての抵抗とは違うものだ。このささやかな反抗の姿勢は、体質的に深く、ひどく深く僕のなかに根をおろしていたものだと思っている。

当時、ときおり空の底が抜けたようにむなしい明るさにとらわれてポカンとすることもあったが、毎日が暗く腹だたしくてたまらぬので、僕は流行の思想を信じている、あるいは自らダマされることに成功している人々の幸福をうらやむこともあった。僕も、信じてみようとしたりダマされてみようとしたこともあったが、しかしとうてい僕の皮膚が受けつけないのであった。

敵はあたりに一ぱいいた。あのころほど、敵と味方の区別がはっきりしたことはなかった。二こと三こと話しあえば、すぐはっきりした。左翼から転向したあるオトナが、僕にくどくどと説諭を加えたことを、いま僕は腹だたしく思い出した。と同時に学寮の幹事をやっていて威勢のよいカラッポのことをわめいていた同期生が戦後、全学連のエライ役についたことも思い出してちょっと不快になった。

僕は、僕なりにおさない節操を守り、守ることによって傷ついたあの時期のことを、そろそろ書いてみたい。戦後十年たった。この間に、僕は自分の外側から自分をながめる眼を、ある程度身につけることができたと思っている。そろそろ、あの時期を掘りかえしてみたい。そして掘りかえした地面をそのまま示すよりも、そこにまいた種から咲いた花を読者に渡したい。しかし、その花のにおいをかいでゼンソクを起す予感をおぼえぬ人は、無縁の人である。

作家は職業か

十何年前、「作家は職業か」という設問で、『朝日新聞』からエッセイを書かされた。そのとき、どういう言いまわしを使ったか忘れたが、要するに、文章で生計を立てればそれは職業にきまっている。一たん職業と名が付けば、そこにいろいろ厄介《やっかい》な事柄がからまってくるのは、いかなる職業でも同じである。作家には原稿料のことを口にするのにためらいを感じるという性癖の持主があるが（じつは、私もそうであるが）、一たん商売と思い定めてしまえば、簡単に割り切れる。マスコミの小説の注文があったときには、私はぜったいに原稿料を聞いてから、引き受けるかどうかきめる。文芸雑誌のときは聞かないが、これは見当がついているためだ。

これは伝説的な話として聞いたので、本当かどうか分からないが、里見弴《とん》氏のところへ原稿を頼みにゆくと、

「小説は一万エン、随筆は五千エンである、どちらをお望みか」

と言われるという。これは、じつは原稿を書くのが厭《いや》なので、そういう言い方をされる、という疑いもある。

以上、一見歯切れがよいようで、そうでもないところがからまってくる文章になっているのに、お気付きとおもう。おそらく、この問題でもっと割り切れたことが言える性癖なら、小説家にはなっていないのだとおもう。

戦前は、小説家というと、家も貸してくれなかったし、親は娘をあわてて隠した。いまは一見社会的名士風になっているところがあるが、本当は以前同様あわてて娘を隠したほうがいいので、やはりアウト・ロウが小説家の本質であって、最大公約数の共感を得られるわけはない、という考え方が牢固《ろうこ》として私の中にある。つまり、これは金儲けのことを頭に置くべきではないようにできている職業である筈《はず》なのだ。

私は小説家であるが、文化人ではない。だから、小説以外のものはなるべく近寄らない。評論も書かない（いや、書けない）。随筆も書きたくないし、多数の読者を満足させなくてはいけない雑誌の小説も、本当は引受けてはいけないのだが、これをしないと生計が立たない（しかし、この問題もいまいろいろ対策を考えている）。

講演もテレビ出演も苦手なので近寄らないが、さりとて小説だけ書いていてよいものではない。そこが、職業に付随してくる辛さである。「対談の名手」とか宣伝文句に使われることもあるが、本当は対談もあまり好きではない。文字を書かなくてはいけない義理を対談をすることで代用している場合が多い。一年に百枚くらい小説を書いて生計が立てば理想的だが、職業と名がつけばそんなラクなことで済むわけがなく、それでは世間の人に申しわけないとおもい定めて、いろいろ辛い仕事も引受けている。

草を引っ張ってみる

読者は意外におもわれるかもしれないが、今年は私としては沢山仕事をした。短篇掌篇を九つと、二百枚ばかりのものを一篇書いた。そのほかにも雑用が沢山あった上に、健康が夏から悪くなり、この「作家のノート」はこと志と違ってどうも冴《さ》えないで、申し訳けない。

作家には、どうも二種類あるらしい。書きたいテーマが有り過ぎて困るというタイプと、一作書くとなにもなくなってしまうのだが、締切りに追われて唸《うな》っているうちになにかが出てくるというタイプと二つに別れているようだ。もっとも、「書きたいテーマ」という作品を読んでみると、なにもそれほど書いておかなくてはいけないほどのものともおもわれないものも多いが、それはそれとして、私はあきらかに後者のタイプである。

以前、室生犀星が「もう生えている草は全部刈り尽したので、地面に頰《ほお》をつけるようにしてなにか残っていないかと残っている草を探す」というような意味のことを書いていて、同感だった。また、初期のサローヤンが「一作書くと、カラカラになったタオルのようになって、いくら搾《しぼ》っても一滴も出てこない」というような意味のことを書いていて、同感であると同時に大いに力強くおもった。

刈り残したようにみえる草を引っ張ってみると、おもいもかけずズルズルと地面の中から長い根やサツマイモのようなものが出てくる場合もあり、茎だけスポンと抜けてそれっきりの場合もある。

先日、ある週刊誌でアメリカのコールガールの生態の調査記事が載っていた。なぜヒモを必要とするか、の理由の一つとして、「朝起きて横をみると、自分よりももっとダメな人間がそこにいることを知って、力づけられる」というのが出ていた。ヒモ的心境については、私は以前かなりモトデをかけたつもりだった。したがって、この記事を読んだとき「ここに一本の草がある」と喜んで、さっそくそれを引っ張ってみると、スポンと抜けて指に残ったのは短い茎だけだった。まったく、がっかりした。

今日から十日のあいだに、短篇を一作書かなくてはいけない。五里霧中の状態で唸りはじめなくてはならないのだが、唸るにも体力がいる。本当に唸り声を上げることもしばしばである。こういうとき支えになるのは、これまでも何十回も切り抜けてきたことだから、たぶん今回もなんとかなるだろう、こういう考え方だけである。

飼い馴らしと書きおろし

もしも私に「文学的課題」とでも呼べるものがあるとすれば、それは処女作以来変わっておらず、そのことについてはもう幾度も書いた。このごろ、前に書いたことを繰返しかけると、気が滅入るので、省略させていただく。ただ、この変化しないということについては、それが善か悪かというよりも、そういうタイプの小説家だと判断していただきたいとおもう。

そこでこの小文の内容は、一九七二年度にはどういう仕事の仕方をするか、ということになりそうである。ところが、誰しもそうである筈だが、私は小説家である前に人間であって、この人間がこのところいろいろ困っている。

まず、健康問題である。「持病を飼い馴らす」というのが、私の昔からの主張であって、そのことには一応成功した。ゼンソクのひどい発作が起ることはなくなったが、その分だけ皮膚疾患のかたちで現われてくる。つまり、ゼンソクと皮膚アレルギーとは、裏表の関係にあり、全身的倦怠《けんたい》の状況で寝たっきりで数日が過ぎることがある。

月に一回、診察してもらっている医師が、

「この状態では、普通の人なら、とても原稿を書くどころではありません」

と、痛ましげに言う。私自身、「病気を飼い馴らす」ことに疲れてきている。どうもこの数年、私は愚痴が多くなってきて、それが自分でも厭で仕方がないのだが、昔のように平然としていることができなくなった。心身ともに老化衰弱してきているのではあるまいか。

いずれにせよ、積年の疲れが蓄っていることは間違いないところで、思い切って仕事を減らすことにした。

丁度、五木寛之さんの休筆宣言があって、それに関連してゴシップ記事が出た。筆者については、「来年十月まで食べる心配がないので、書きおろしに専念する」と書いてあった。こういう文章は微妙であって、これは別の角度からいえば、来年十月には無一文になる、ということである。それなのに、来年十月からの新聞小説の約束を一年間延ばしてもらった。つまり、それほど文字を書くのが苦痛であるわけで、ヤケクソである。このごろ「作家は、本当に書きたいものだけ書かなくてはいけない」という論旨の文章が目に触れることが多いが、それは理想であって、現実にはいろいろ困難が伴う。しかし、ともかくヤケクソで、一年間だけその態勢をつくってみたわけだ。

ところで、書きおろしというのは、ほかでもない新潮社から刊行になるものである。それを約束したのは十年前で、題名もテーマもきまっている。七年ほど前に、その冒頭の二十枚ばかりを、短篇の形である文芸雑誌に発表した。この作品は、短篇集には入れていない。このように、かなり段取りは整っているのに、その後一向に進行せず、するすると月日が経ってしまった。

もちろん、督促も受けたし、私自身部屋に幾日か閉じこもってみたことも、何回もあるのだが、書けない。書けないだけならまだしも、丁度鬱病《うつびょう》の時期に当たったときもあって、そういうときには、自分のことを「才能皆無」とおもったり、書こうとしているテーマがまったく無意味のものにおもえてきたりしてしまう。

この鬱病の気配が、またこのところ頭をもたげかかっている。それを克服するために、遮二無二《しゃにむに》仕事にとりかかるという方法があって、昔からの文人の例を見ていると、その方法を使っている人もたくさんいる。ただ、これは、この病気が進行するとまったくの無気力になって、机に向かうことさえできなくなってくる。

荒療治をやるのは、いまのうちなのである。あまり深く考えないで、自分に呪文をかけるように、

「才能はあるぞ」

とか、

「そのテーマは、無意味ではないぞ」

とか繰返しながら、文字を並べてゆくほかはない。

「作家には生活がない」とは、昔からしばしば言われることだが、小説家を職業とした場合、そこにはあきらかに「生活」がある。そして、それはしばしば荒廃に至りかねない道である。山口瞳が長篇『人殺し』で、そのことの一部に触れていて身につまされたが、私に言わせれば生きていること自体妥協であって、「荒廃」も生の一つのかたちである。

荒廃とか衰弱とかいうものを、仔細《しさい》に観察してみるのも、小説家の仕事の一つのような気がしている。もっとも、それは目下とりかかっている書きおろしのテーマではない。

作品と制作プロセス

ある中国料理店の主人と話をしていて、おもしろいことを聞いた。その店は、本店と支店とあって、何人かのコックが交替で二つの店の料理場を受持っている。したがって、出来上る料理は同じはずなのに、本店のほうが旨いという評判で、支店は味が濃すぎる、といわれてきた、という。その店の主人は、その理由をいろいろ考えたが、どうしても分らない。二年経って、ようやくその理由が分った。

中国人のコックは、料理の味を舌で試してみることをしない。においと色だけで、判断するそうである。そして、本店の料理場の照明が普通の電球なのに、支店のは蛍光燈だったために、味の違いが起ったという。

その理由が分るまでに二年かかるとは、うかつといえばうかつだが、コロンブスの卵のようなものだったのだろう。中国料理はしばしば芸術にたとえられるだけあって、微妙なものである。不出来だとおもう中国料理の皿は、突き返してかまわない、と聞いているが、そういう点も、小説作品に似ている。食事していて、あきらかに前のコックがやめたか、コックのコンディションが不良だとおもえる味のときがある。しかし、まだ皿を突き返したことはない。

それだけ自分の判断に自信がもてないからである。小説の作品でも、採用にならなかったものの中に傑作がある場合もあり、そういうことも思い出されてくる。

その主人が言うには、コックが徹夜でマージャンなどした翌日の料理は、百パーセント不出来だ、という。なかには一人くらい、徹夜マージャンした翌日にかぎり、カンが冴え渡って見ごとな料理をつくるコックがいてもよさそうだとおもうのだが、そういうことはないという。

こうなると、同じ芸術でも、やはり文学作品のほうが複雑な要素にささえられている、とおもえる。二十四時間、不眠不休で書いた作品は、傑作にならないという保証はどこにもない。

もう何年も前だが、うわさ話として次のようなことを聞いた。ある中堅作家がある大出版社発行の月刊雑誌からの註文の短篇小説の原稿を書き上げて、それを渡すときに、「きのう徹夜して一晩で書き上げた」という意味のことを言った。すると編集者は、「自分の社の雑誌は、一晩で書けるような作品は掲載しない」という意味のことを言って、その場で原稿を突き返した、という。それが事実かどうか確かではないし、事実としてもその場のやりとりのニュアンスの微妙なところは分らないが、うわさ話には某社編集部の見識をたたえる気配があった。

しかし、これはおかしな話である。彫心鏤骨《るこつ》、一夜に一枚ずつ一か月かかって三十枚の短篇小説を書き上げたとしても、それが駄目な作品であれば、それまでの苦心は無駄骨だったわけだ。その反対で、一晩で書き上げても、それが良い作品であれば、言うことはない。

斎戒沐浴《さいかいもくよく》して机の前に正坐して書こうが、腹ばいの枕もとに原稿用紙をひろげて書こうが、そういう制作プロセスはどうでもいいのであって、出来上った作品の良し悪しがすべてである。

それぞれの作家が、それぞれの流儀で書けばよい。バルザックの傑作長篇は、煮詰めたようなコーヒーをがぶがぶ飲みながら、短い日数で書き上げられたものだと聞く。ただ、作家が自分の流儀を守るのに頑固であることは、必要だとおもう。私は、短篇を一晩で書き上げたことはない。といって、とくに遅筆でもない。私の流儀としては、筆がわずかでも渋りはじめたときには、すぐに書くのを中止する。

そのまま力ずくで書いてゆけば終りまでたどりつくことができると分っていても、

中止する。そして、筆をとめた場所で、計算しなおす。微妙な計算ちがいがあるのが分るまで、書かない。何時間かで分るときもあり、何日もかかることもある。出来上った作品を眺めて、もしあのまま書き進めたなら、どんな形のものになったか、と考えてみると奇妙な心持になる。

作品がすべてであって、プロセスは問題でないと書いたが、それと同時に、プロセスについての弁解は一切許されない。制作中に、肉親の死に遇おうが、持病が悪化しようが、それは作品の不出来の弁解には使えない。また、そういうマイナスが、必ずマイナスとして作品に影響するとも限らない。癌で死んだ十返肇の最上の文章は、筆が持てなくなる直前に書いた随筆であった。

一つの作品が出来上るまでには、複雑微妙な要素がはたらいており、また傑作ができるのは、多分に、運が左右している、とおもう。

小説とモデル問題について

いつの時代にも、小説のモデル問題は、繰返し持上っている。そして、先日高橋義孝氏が言われていたように、文学においては事実と真実とは別のものだ、という言い方で、モデルを説得しようとする。その言い方は、文学の上ではたしかに正しいが、しかし、市民社会に棲息しているモデルは、けっして納得しようとはしない。むしろ、こういう場合には、

「私は、あんなことでも書かなければ食べて行くことができないのです。どうかわるくおもわないで。笑ってよみながしてやってください」

とでも言った方が、まだしも説得力があるのである。この言葉は、林芙美子が、野村沢子という女性の抗議にたいしての、弁明の手紙だそうである。「新潮」誌上で、その野村沢子さんが明らかにしたもので、そのとき野村さんは、林芙美子の『放浪記』のなかにうそが書いてある、と抗議したのである。

もちろん『放浪記』の作者は、自分の弁明を本気で言っているわけではない。本心では、全く別のことを考えていたかもしれない。文学のためには、親を売り友人を裏切っても後悔しない、というようなモラルが「私小説」全盛の時代には、深く作家のあいだに浸透していた。若き日の林芙美子はトリッペルを持っていた、と野村さんはバクロしている。市民社会においては、たしかにトリッペルは悪徳でバクロするに値するものであるが、当時の作家の気風としてはトリッペルくらい体験しなければ良い小説は書けないという気風さえあったわけだ。したがって、トリッペルを悪徳とおもう「俗物」からの抗議には、「俗物社会」で通用しやすい紋切型の返答をしておけばよい、という林芙美子の計算が、右に引用した返信になったと考えた方が、分りやすいのである。

ところが、今日ではかなり作家自身の文学にたいする考え方が変ってきている面があって、それがモデル問題の場合にも現れてくる。文学のためにはなにもかも犠牲にして悔いない、という気風は衰えてきた。文学というものを、そこまで信じ切る心持が持てなくなったという原因もある。原因はそればかりでなく、人さまざまであって、むしろ他人をモデルにするときの作家自身の覚悟を聞くことによって、その作家のタイプが分るのである。

私自身について言えば、市民社会に住んでいる人たちをモデルにすることによって、そのささやかな幸福を傷つけたり、あるいは生き難くしたりすることに、心苦しさを覚える。したがって、モデルはできるだけ使わないように心がけて、自分の身を食うことで作品を書くことにしている。しかし、そのような心がけや、モデルを使う心苦しさにもかかわらず、あえてモデルのある作品を書くことがある。そこらあたりは微妙で簡単には書けない。「蛸の話」という作品で、先日その一部を語ったから、読まれた方もあるとおもう。

いきなり結論のようなものを出せば、そのモデルと私自身とが深くからまり合って、相手を刺すことはすなわち自分を刺すことになる、という場合がある。その場合にこそ、モデルは使うべきものだと、私はおもう。そして、そういう場合には、私はほとんど心苦しさを感じない。「文学のため」という古風な心持が湧き起ってくるのである。

しかし、作家が高みに立って、心やすくモデルをあやつっている光景は、しばしば見受けられる。これは作家ばかりではない。作家あるいは作家の作品を素材にして文章を書く批評家の場合にも、こういう姿勢はしばしば見受けられる。そしてこういう場合には、前記の林芙美子の言葉が、残念ながらそのまま当てはまってしまうのである。

「私は、あんなことでも書かなければ食べて行くことができないのです。どうかわるくおもわないで。笑ってよみながしてやってください」

営業方針について

ステファン・クールターという人の著『モーパッサンの情熱的生涯』という書物を読んだ。河盛好蔵氏の訳である。この本の書評で、訳文が粗雑であるという意見を読んだが、私はそうはおもわない。但し、原作がかなり興味本位のもので、低俗とまでは言わぬにしても、同氏の名訳である大デュマの生涯を書いた『パリの王様』（ガイ・エンドア）という書物とは、同じ伝記的作品としても大きな質の差がある。モーパッサン氏がアパートに女を引きずり込んで襲いかかる情景描写が微細に書かれていたりして、そしてその部分が全体と何ら有機的関係を持たない。そういう無用の煽情場面が多く、作者の魂胆がうかがわれて感心できない。おそらく文章も緊密なものではなく、そういう粗雑な作品の忠実な翻訳（河盛氏のあとがきには、冗漫な部分を省略したとあるが）が、訳文の粗雑さと混同されたのではないかとおもう。

にもかかわらず、私はこの本によって、いろいろと考えさせられるところがあった。

つまり私にとって有益な本であったわけだ。その一部分を次に書くことにする。モーパッサンの文筆活動は、四十三歳で狂死するまでおよそ十年間のことだったが、かなりの多作という印象があった。しかし、長篇小説は六篇しか書いていない（女の一生、ベラミ、モントリオル、ピエールとジャン、死の如く強し、男ごころ）。短篇集も十三冊ほどである。と書くと、「わが国の作家は書きすぎる、モーパッサンほどの傑作をそれだけ書けば十分だ」という声が当然聞えてくるだろうが、ちょっと待っていただきたい。先日、必要あって『ベラミ』を再読したが、発表場所が『ジル・ブラス』という新聞だったという事情もあるのだろう、今のわが国の言葉でいえば上等の中間小説である。主人公のベラミと作者モーパッサンとが内的リアリティにおいて重なり合っているところ、いわゆる「臍のある」小説で（ベラミが年上の情婦の情熱にヘキエキする場面など、師匠フロベールゆずりの冷静で客観的であるべき筆が乱れ、年増女の濃厚さを嫌悪と悪意をむき出しにした過剰な筆で描いており、不出来な私小説をみるようで同情したが）はあるが、中間小説の域を出ていない。この程度のものなら、わが国の作家でも書ける人がいくらもいる。

私が興味を持ったのは、それだけの分量の作品で（もちろんモーパッサンの声名の裏付けが、稿料に影響していたには違いないが）彼が十分金持になっていたことだ。

弟に宏大な農場を買ってやったり、大型ヨットを買って水夫を雇い入れて旅行したりする余裕もあった。一八五〇年は、モーパッサンの生れた年で、バルザックの死んだ年だが、バルザックは周知のように、莫大な借金に追いまくられて莫大な量の小説を書いた。この二人の時代の物価とか、作者と出版社との金銭的関係を比較したら面白かろうが、今はその余裕がない。ただ、バルザックは印税システムではなかったとおもう。一方、モーパッサンの場合、一八八三年の年譜に「長篇小説『女の一生』を二月二十五日から四月六日にかけて『ジル・ブラス』紙に連載、完結後、アヴァール書店から刊行。八ヶ月間に二万五千部という驚異的な売れゆきを示す」という文字がみえるところをみると、当時の物価に比較して書物の値段はかなり高価だったものとおもわれる。

長篇『ピエールとジャン』とか、短篇のうちのかなりの数には、苦い味があり、それらはいわゆる純文学系の作品といえよう。モーパッサンは純文学と中間小説を使い分けたことになるが、それも意識的なものではなく、発表舞台とか執筆にとりかかるときの気分とかが知らず知らずのうちに作風に影響を与えたものとおもわれる。そして、どの作品も一様にモーパッサンの文学として受け容れられたのではなかろうか。当時のフランスの批評家の意見は知らないが、少くとも戦前わが国ではすべて受け容れられたことは、あの規準のやかましい岩波文庫に収録されているモーパッサンの作品をみれば分る。

前置きが長くなったが、要するに現在の苛烈な世の中に生きている日本の作家にとって、モーパッサン氏は羨しい存在である。モーパッサンの頭に、処世術という言葉は浮かんだにしても、小説を書いてゆく上の営業方針という言葉は浮かばなかった筈だ。ところが、今の作家はこの営業方針をないがしろにしては、米塩の資が危うくなることはもちろん、各人の守っている文学まで怪しくなってくる。もっとも、この「文学」についての考え方はさまざまだし、花より団子式の営業方針もあり、人さまざまだから、以下は私個人の営業方針について語りたい。すくなくとも私は、「営業方針」という卑俗な言葉をおそれていては、文学が守り切れないという状態に置かれている。

第一に、私は文学を信じ、文学作品を書きたい、とおもっている。大文学というものは、おそらく富士山のような形をしていて、その作品に裾野のあたりで触れる幅広い層も満足させ、頂上のあたりで触れる少数の読者も満足させるものであろう。もっともいわゆる百万人の文学と呼ばれる一見大文学風のものには、山腹にかかった雲が晴れてみたら、そこから上の部分がなかったというようなものもある。富士山のような形の大文学が書けたら、営業方針は一躍ラクになる。同じペースで書いてゆく作品が、そのまま新聞週刊誌小説にも文芸雑誌の小説にも成り得るからである。ところが、私の才能資質は、大文学にはムリである。空に浮かんでいる八合目から下のない富士山の形を想像されたい。もっとも運良く頂上までの三角形をつくり得た場合のことだが。いわゆる純文学を、私は大文学と比較して、以上のような形と考えている。従って、私は私の文学作品の発表場所は文芸雑誌と心得ている。

純文学作品を書く場合、私は私の中にいる一人の読者を意識してしか、書くことができない。結果として出来上った作品を提出するとき、知己のあるのを願うわけだが、その数はせいぜい数百、高望みして数千を予想できるだけである。であるから、そういう自分勝手な作業と引きかえに原稿料が貰えるのが不思議な気がしたり、その幸運を喜んだりすることがしばしばである。当然、稿料は廉《やす》いが、一切文句は言わない。もっとも、良質の純文学作品を持つことは、財産を持つことに通じるわけだから、損してトク取れという気持も働いているようだ。

次に、私の才能資質をもってしては、その稿料で生活できるだけの分量の純文学作品を生産することはできない。十年ほど前、一年間におよそ十二の短篇を文芸雑誌に書き、清貧の生活を送ったことがあるが、それでも幾許かの借金ができた。現在では

（身から出た錆もあり）とても無理である。それに私小説的方法を信じている作家には、清貧あるいは赤貧もプラスするところもあるが、私は貧乏は人間の精神によくない影響があるという意見である。となると、マスコミ関係の仕事をする必要が出来、幸運にもその仕事の注文が私のところへ来る。

この場合、マスコミ雑誌は大いに儲けており、儲けるための部分品を提供する資格ありと見做して私に注文を発するわけだから、私はためらわず稿料について質問し、廉ければ値上げを要求し、受け容れられなければ執筆を拒否する。とはいうものの、義理のあるような社のマスコミ雑誌には、黙って廉い稿料で書いている。それがツライところだ。マスコミ関係の仕事というものは、矢鱈に注文がくるかさもなければ殆ど来ないかで、適当というものがないのだから、大いにコワモテでやらなくては潰されてしまう。よし、今後は強気の営業方針を確立することにしよう。

第三に問題になるのは、マスコミと純文学との使い分けについての営業方針である。マスコミの作品は、なるべく多数の読者を想定し、なるべく多数の読者を満足させなくては商品価値が生じない。そういう性質の仕事が、正反対の純文学の仕事に、悪影響を与えぬようにするには、どうしたらよいか。じつは、私はその点についてはいささか自信がある。昔、売らん哉式の雑誌の編集者をしていて、昼間は「どうやったら売れるか」ということばかり考え、そのための原稿もたくさん書いた。一冊の三分の二を私の原稿で埋めたこともある（もっとも、その雑誌はあまり売れなかった）。そして、夜、帰宅して、同人雑誌の原稿を書いた。そのときの体験から言って、頑固に自我を守ってさえおれば、筆は荒れるものではない、という信念を持っている。この場合の筆とは、文章ばかりでなく発想の基盤自体を指す。そこで現在の私は、昼間はマスコミ会社に勤務し、夜は純文学の夜なべ仕事をやることにしている。もっとも、会社の仕事が忙しすぎて、夜なべのとき眠くならぬように注意し調整はしている。

それにしても、作家というのは苛酷な商売だな、としみじみおもう。苛酷なだけに営業方針の確立が大切だ。唯一つ、ほかの勤め人と比較して有利な点は、同時に幾つもの会社に就職していることになるわけだから、そのうちの一、二の会社から馘首されても、または辞職しても、翌日から路頭に迷うことはない点だけか。

批評家に望む

批評家については、恩怨さまざまで、一概に言うことはできない。もっともこの場合の恩怨とは、文芸時評に関してのそれである。文芸時評が批評家の仕事の一部分にすぎないことは言うまでもないことだが、私はもっぱらその部分についての希望を述べることにする。褒められれば嬉しく貶されれば不愉快なことはもちろんだが、その度合はさまざまで、作品が読めていない悪評は、むやみに腹立たしい。当の批評家を、殺したいと一瞬おもったこともある。その逆に、痛いところを衝かれたときには、そんなに腹が立たない。ときには、むしろ爽快になることもある。ではあるが、やはり褒められるに越したことはない。これまでのことを思い返してみると、どうやら私は褒められることで成長してゆくタイプである。といえば、私の望むところはおのずから瞭《あきら》かであろう。

断片的に

作者とつながりのない作品には、私は本当の意味での関心が持てない。たとえば、伝記的作品でも、その人物を取上げる必然性が感じられない場合は、興味が半減する。もちろんその必然とは、作者とその伝記の主人公とのあいだに、現世における因縁があった、などということではない。

これを小説に例をとれば、バルザックの作品は、大きな形で作者と作品とがつながっている。私は自分の作品をいわゆる私小説とはおもっていない。私の初期作品が「薔薇販売人」や「原色の街」ということをおもい出してもらいたい。しかし、私小説にも興味がある。わが国独特のものとして、読むのは嫌いでない。

私は男色趣味はないが、武者修行の気持で何回か実行したことがある。ただし、当方は男役である。二十数年前、当時有名の男娼《だんしょう》に気に入られて、長時間にわたって数回身の上ばなしを聞かされたが、退屈をきわめた。やはり、自分を客観視してポイントを摑《つか》むセンスが必要で、これは半ば以上生得のものだとおもう。いくら異常な体験を重ねても、文学的才能がなければ駄目なものは駄目である。さりとて、それだから人間として駄目とは、私はすこしもおもわない。その逆に、小説を書くところに追いこまれる人間は、じつに因果な性分だと考えている。現在では、小説家の社会的地位も向上してきて、有利な職業のような錯覚を与えている傾向があるが、そういう気分ではじめた文学は甚だ志の低いもので近い将来その種のものはコンピューターが代用するようになるであろう。しかし、手工業的なもののうち残るものは残る。ただ、今のように小説家が金に苦しむことが昔に比べてすくなくなっているという状況は変ってきて、貧窮に苦しむ時代が再びくるのではないか。

私の父親は新興芸術派の作家（一時期、二十二から五歳のころは流行作家と呼んでもよかったようだ）だったが、早く筆を折って（行き詰ったのだとおもう）蔵書を全部売払い、およそ家庭には文学的雰囲気はなかった。稀《まれ》にしか帰宅せず、そのときには近所に下宿していた十返肇たちと麻雀《マージヤン》ばかりやっていた。もっともこういうヤクザ風の雰囲気が、ある意味では文学的雰囲気といえないこともないのが、ずっと後になって分った。

母親は岡山の弁護士の家の生れだったが、私の父親の作戦にひっかかり、当時は尖《せん》端的《たんてき》職業であったパーマネントウェーヴの修業をさせられた。父親がその父親から廃嫡（勘当よりもっと烈しい）処分を受けた折にもらった金をモトデに麴町に村山知義《ともよし》氏の設計で、当時としては型破りの三角形の美容院をつくった。以来、父親は髪結いの亭主をきめこみ、文士を廃業して兜町《かぶとちょう》に事務所をもち株屋に転業したが、派手な売り買いはしたらしいが儲《もう》かったという話はあまり聞いたことがない。当時サラリーマンの大学出の初任給が七十円くらいのとき、パーマネントは二十円だった。したがって、父親は十二分に母親から金を吸い上げ、おまけに滅多に帰ってこない。帰ってきたかとおもうと、新しい足袋《たび》の底をパンパンと叩き合わせてもう出かける仕度をしていたのが印象的である。

当然、母親はヒステリー気味で、夜になると私はその顔を見ることになるが、甚だ不機嫌である。部屋には一日中、祖父と別居中の足腰の立たぬ祖母がいて、これがまた大ヒステリーである。どうもこの足萎《あしな》えの原因は、祖父からウツされた梅毒のせいだったらしい。ここらあたりの家族の按配を書けば面白いものになるかもしれないが、気が進まない。外面的にみれば、私は山ノ手のお坊ちゃんで、「お祖母《ばあ》さん子」ということになるが、実情はいささか違っていて、この祖母が私をしばしば殴る。足が立たないので、長いモノサシで隙《すき》を見て殴るのである。

家の中にいてもロクなことがないので、小学校から帰ってくると、ランドセルをほうり込んで、塀《へい》や屋根に上ってしまう。遊び仲間は近所のスラム街の子供だった。この頃から私は写真ぎらいで、一応父母が知名人だったので一緒に新聞社のカメラにおさまらなくてはならぬケースが起る。厭《いや》だ厭だというのを、むりやり屋根から引摺《ひきず》りおろされた記憶がある。

当時のことをおもい出すと、私は孤児の生活を送っていたという印象から脱れがたい。この父親は若死して、そのときには土地家屋から電話にいたるまで二重抵当に入っていた。その前に、住居の半分を売払って、小さい家に引越している。こういうことすべてが、今にしておもえば私の文学に微妙につながっている。しかし私は、旧制高校に入るまで芸術という分野がこの世に存在していることを知らなかった。異常のようだが嘘のないところである。むしろ、文庫本を読んだりする中学生を軽蔑《けいべつ》し、高校では文化部に入らず運動部に入った。

以下、一層断片的になる。

私は明晰《めいせき》なものしか信用しない。一枚で書けることに、十枚を費やすのも芸の一つであるが、その場合も明晰でなくてはいけない。ただし、私自身は一枚で書けることは一枚で書くように心がけている。

先日、河盛好蔵氏からいただいたユーモアについての本に、「彼は何でも知っているが、何も分らない」「彼は何も知らないが、何でも分る」という文句が並んでいて、甚だ面白くおもった。どっちもどっちかもしれないが、どちらかを選べといえば、後者になりたい。

私は原稿用紙に文字を書き並べることが、嫌いである。世の中には、「私は筆不精で」と言うと、冗談を言っているとおもう人が多い。こういう人たちは、文学というものが分っていないのであって、しかし、そういう人たちが大部分である。したがって、自分の本は数千部売れれば望外のしあわせとおもっている。そのくせ一方では、たくさん売れることを、かなりあからさまに願っている。金がないと困るからである。生きてゆくことは、まったく厄介なことである。

私の文章修業

長年のあいだ文章を書いてきているのならば、いわゆる「手がきまる」というかたちになって、それほどの苦労なく文章が書ける、と小説家についてそう考えている人が多いようだ。このことについては、ジャーナリストといえども油断ならない。

先日も、ある雑誌社から電話がかかってきて、「お手すきのときに、ちょっと小説を五十枚、書いてくれませんか」と言われた。

私は啞然として、「は、はい」と返事しておいた。

言うまでもないことだろうが、文章というものはそれだけが宙に浮いて存在しているわけではなく、内容があっての文章である。地面の下に根があって、茎が出て、それから花が咲くようなもので、その花を文章にたとえれば、根と茎の問題が片付かなくては、花は存在できないわけである。

そこが厄介なところで、おまけに一つの作品ができ上ると、一たんすべてが取払われて、地面だけになってしまい、またゼロからはじめなくてはならない。その上、その土地の養分はすべて前に咲いた花が使い切ってしまっているので、まず肥料の工夫からはじまる（土壌と根と茎が十分なかたちで揃えば、おのずから立派な花が咲くとおもっていいのだが、やはりその花の様相を整えることが必要である。ここではじめていわゆる「文章」が独立した問題として出てくる。技術についての事柄もいろいろとあるわけだが、私が言いたいのは、自分自身の花については花弁の繊毛《せんもう》についても敏感だが、他人の花のことはそんなに細かいところまで見ない。立派に咲いているかどうか、というその様子のほうにもっぱら眼がゆく。ということは、花を支えるもののほうに、はるかに重点を置いて考えていることになる。

もちろん、花自体も肝心なことに間違いないが、他人の花の細部まで調べているヒマはない。下部構造がしっかりしてさえいれば、花の整え方はその人の個性に属することで、かなり歪んだ花のかたちでもその人にとってはそれでいいわけである）。

……文章を書く苦労が私をかなりうんざりさせていることについて、書いているのである。

年齢の問題も、そこに加わってくる。五十歳を過ぎたころから、

「あ、いや、やめて」

と、何某子は言った。

というような文章を書くと、なにやら阿呆らしい気分が起りはじめた。

「春は曙……」

とか、

「つれづれなるままに、日暮らし、硯にむかいて」

といった調子も、さりとて、あまり気が進まない。

となると、「あ、いや、やめて」という言葉がそこに存在しても不思議ではない確乎とした作品世界をつくり出さなくてはならない。これは、若いころでも難かしかったが、初老の身としてはずいぶんエネルギーが要る。

色気のないものを書くときでも、抹消や書き込みで、原稿用紙がたいへんきたなくなる。ただし、このごろは、あまり煩雑な手直しの原稿は、編集部で清書しなくては印刷所が受取らないと聞いているので、文字だけは読みやすいように、注意して書く。

活字、とくに明朝体《みんちよう》の活字が、私はたいへん好きだ。あれは、書き手の文字の個性を一たんすべて取払って、文体（内容といってもいい）の個性をゆっくり滲み出させる。原稿の文字は、あまりにその書き手の個性が露骨に出すぎていて、見ているとうるさく感じる。それでは、活字自体に個性がないか、といえば、水が無味といわれているにもかかわらず、人工ではつくり出せるものではない微妙な味があるのに似ている。

その活字が印刷されたとき、どういう具合になれば、上等の文章といえるのか。そのことについて反射的に頭に浮ぶのは、志賀直哉の文章についての宮本百合子の言葉である。「その文章を読んでいると、並んでいる活字が、そのページから立上ってくる」というような意味で、なるほど、活字はしばしば紙にべったり貼りついてしまって、立上ってこない。そして、繰返しになるが、これは文章だけの問題ではなく、その奥にあるものにかかわってくる。

活字が立つ、そのことをどういう要素が支えているか、それを科学的に精しく分析してみても、おそらく解明し切れないなにかが残るにちがいない。そのなにかとは、「デーモン」という単語はこのごろあまり使われないので、「業《ごう》」といってもいいが、その種のものだろう。ただし、その「業」の按配が微妙で、あまりに押しつけがましく出ていては、マイナスである。料理でいえば隠し味のようになっているのが良いのだが、スプーンで「業」を調味料のように入れるわけにもいかず、ここらあたりが甚だ難しい。さまざまな要素が、運よく絡まり合うことが必要で、技術だけで出来上るものでは到底ありえない。これは、大学の文学部などでの勉強とは無関係で、アメリカには「創作科」というものなどもあると聞くが、そういうものを私は一切信用しない。

いずれ原稿は私の好きな活字になる、という安心感もあって、読みやすいことだけ心がけているうちに、私の字はどんどん下手になって、小学生の書くような稚拙なものに近づいてきた。先年、作家・評論家の毛筆の文字を表紙に載せることにしている或る小冊子に、「五十知命」という字を書かされた。編集の人の眼の前で、色紙に一枚だけその字を書き、予備の色紙のうちの一枚に「五十致命」といたずら書きをして、そのまま渡した。その小冊子ができてみると、自分でも驚愕するほどひどい字だった。

これを逆にいえば、すでに活字になった自分の原稿が返却されてくることを、私は歓迎しない。十数年前から、そういう慣例が出版界にできてしまった。字の下手さ加減を見るのが厭なのに加えて、その原稿が苦労、苦渋のかたまりに見える点も閉口である。十五年ほど前、「週刊朝日」に連載小説を書いたとき、終ってしばらくして数百枚の原稿用紙が一挙に戻ってきた。あわてて、庭の隅に穴を掘り、灰が舞上って隣家のほうへ飛んでゆくのを気にしながら、長い時間かかって燃やした。

これに懲りて、引越しをした家には、大きな煖炉《だんろ》がつくってある。

この煖炉には、もう一つの意味が隠されている。前の家にいるころ頭の調子が狂ってきて、雨の日に傘をさして庭の穴の中でセビロを燃やしたりしたので、それを気味悪がった同居人の配慮によってつくられたものである。こういう仕事を長くつづけると少々アタマがおかしくなることは無理がないと納得するにしても、あまりに異様な恰好だけは見たくないということらしい。

水のような

絵画や音楽の分野でのひとかどの人物の書いた文章というのは、いくら破格であってもずいぶんと面白く、一つの達成という感じがある。具体的にいえば、二十年ほど前にある文芸雑誌に載った梅原龍三郎氏のかなり長いエッセイは文法など自己流のものだったが、その面白さはまだ覚えている。谷内六郎氏の文章もかなり破格だが、面白い。面白いとだけ言っていてはいけないかもしれないが、とにかくしかるべきもので、一つのすぐれた形の人間性が文章に滲み出ている。

人間は小学生ぐらいのころから、その生活のなかで実用的な文章を書く必要が多いので、しぜんに文章の習練が身につく。じじつ、梅原氏や谷内氏の文章はそういう事情も加わっていると言って間違いではないだろう。しかし、実用として折にふれて書いてきた文章にも、書き手のすぐれた感受性や感覚、つまり芸術的要素が滲みこんでいるのを軽視するわけにはいかない。

ここで思い出されるのは、谷崎潤一郎の『文章読本』のなかの「文章に実用的と芸術的との区別はない」という一項目である。いま私はそれに対しての反対意見を出したので、谷崎潤一郎の意図を引用しなくてはならない。「文章の要は何かと言えば、自分の心の中にあること、自分の云いたいと思うことを、出来るだけその通りに、かつ明瞭に伝えることにあるのでありまして、手紙を書くにも小説を書くにも、別段それ以外の書きようはありません。昔は『華を去り実に就く』のが文章の本旨だとされたこともありますが、それはどう云うことかと云えば、余計な飾りを除いて実際に必要な言葉だけで書く、と云うことであります。そうしてみれば、最も実用的なものが、最もすぐれた文章であります。」(吉行註。中央公論社が三十九年二月から日本文学全集を刊行することになって、そのときに新カナ新漢字に文章を変更する作業を編集部がおこなうことを、谷崎氏は諒承した)。

この『文章読本』は小説家のために書いたものではない旨の前書きがあるが、文中の言葉の意味に微妙な違いを感じる部分もある。引用した意見には、私は全面的に賛成だが、末尾の「最も実用的なもの」という文章は「最も実質的なもの」あるいは「必要で十分なだけの言葉で書かれたもの」と替えてもらわないと、落着かない。

たとえば、何月何日に会合があるから出席してほしい、というきわめて実用的な手紙が仮に女性から届いたとする。その手紙が、「青葉の色の目に染む五月となりましたが、お元気でしょうか」

というような書き出しだったとすれば、すくなくとも小説家なら、うんざりしてそのあとを読むのには、気を取り直さなくてはならないだろう。

ただ、上手な書き出しだと感心する人のほうが、世の中には多いのではなかろうか。そのうんざりする気持は、その文句の紋切型のためだけではなく、実用的な手紙が「芸術的風」の文章からはじまるところからも起ってくる。

これが会合の通知状でなくて小説だとすると、五月という季節を飾るために紋切型でない凝った言葉が使われていた場合には、案外好評だったりする。小説の中でも、余計な飾りはつけないで、五月なら五月だけでいいじゃないか、というのが私の意見であるし、谷崎氏もまたそのことを言おうとしたとおもう。

カクテル（酒類の一種について私は言っているわけだが）は現在衰退してゆくばかりなので例として適当でないかもしれないが、新奇な調合法を考え出した人が一世を風靡することもあった。そういうものは、間もなく忘れられる場合が多いのだが、新奇なカクテルをつくろうとする頭と心の動かし方は、その当人の中に深く絡んでいて、いまさらそれに苦情を言っても無駄である。

あまりにも有名だが、「文は人なり」という言葉がある。すこし違う言い方をすれば、文章を決定するのはその内容であり、内容とはモチーフやテーマのことであるが、そういうものを定めるのは、それを書く当人の精神内容である、ということになる。

つまりその苦情は、「なぜ君の眼と眼の間隔は狭いのか」というのに似ている。しかし、どうせカクテルをつくることに熱心なら、「ドライ・マティーニ」くらいに、古典的になるものを考案してほしい。

ここで話の成行きからいえば、私は灘の生一本のような文章が書きたい、と落着きそうだが、じつは私は水のような文章が書きたい。水道の水では駄目で、あれはカルキのにおいがする。

水は無色透明無臭だが、無味ではない。味ともいえない微妙な味がある。私はその日の気分や体調によって、飲みたいものはさまざまであって、飲めばうまいとおもうのだが、結局は水が一番好きである。水には、贅沢をしている。ポットに入れたミネラルウォーターを机の上に置いて、それを飲みながら仕事をしている。一日二食だから、食事の間隔は九時間くらいあるが、そのあいだ水のほかはなにも口に入れない日がほとんどである。

しかし、文章が水になるのは至難である。文章作法として水になることを考えると、すでにそこに企みが混って、べつの飲みものに変ってしまう。
そして、水になってしまえば、「文章に実用的と芸術的との区別はない」ことになる。

第二章　男と女

なんのせいか

根岸の里の侘住《わびずま》い、というのがある。若い人たちには知らぬ人が多いとおもうが、五七五の俳句で、下の七五をこの文句にすれば、上の五にいかなる文句がきても間に合う、というのである。

たとえば、といっても俳句や和歌は苦手なので、なかなか思い出せないが……、

古池や蛙とびこむ水の音

有名な芭蕉の句である。この下の七五を変えて、

古池や根岸の里の侘住い

とすれば、なんとなく間に合う。

上の五が、初雪や、とか、底冷えの、などとなれば、たちまち間に合ってしまう。

無精をしないで、歳時記をひもといてみるか。

葱《ねぎ》白くあらいたてたる寒さかな（芭蕉）

葱白く根岸の里の侘住い
冬の水うかぶ虫さえなかりけり（虚子）
冬の水根岸の里の侘住い

五七五七七の和歌にも、こういう便利な文句がある。下の七七を、それにつけても金のほしさよ、とするのである。それはさておき金のほしさよ、という説もある。

これは百人一首でやってみよう。

田子の浦ゆうちいでてみれば真白にぞ
それはさておき金のほしさよ
しのぶれど色に出にけりわが恋は
それにつけても金のほしさよ

なんと便利な言葉ではないか。俳句や和歌の世界とは別に、こういう便利な言葉は、時代時代によって、できてくるものだ。

戦争中は、兵隊さんのおかげです、というのがあった。

戦後になると、戦争のせい、というのがあった。政治が悪い、というのもあった。

＊

ところである日、ある新聞のジャーナリストが拙宅を訪れてきた。

「なにか、このごろ腹の立つことはありませんかね。貴君の意見を記事にしてみたいとおもうが」

「私はほとんど腹というものが立たないタチなんですが、一つだけあります」

「それを話してください」

「このごろ、なんですか、若いもんの大学の受験のとき、母親が付添って行くという話じゃありませんか」

「ははあ、教育ママの問題ですか」

「いや、ご婦人の立居振舞については、これはもうなにも言いません。あきらめています。問題は、若いもんのことです。つまり、なぜ付いてこようとする母親を、拒否できないのであるか」

「なるほど」

「私の親戚のある男が小学校の修学旅行のときに、ですな、母親が駅まで見送りにきた。見送りなんかいらない、というのに、見送りにこられてしまった。すでにこれが恥ずかしい事柄なのですが、いよいよ汽車が動こうとしたとき、その母親がプラットフォームで大声で叫んだのだそうです。何太郎やあいちゃんとオシッコはしておいたね、とこう叫ばれちまったそうなんで。彼は恥ずかしさで死にかかったということで、これは私の一族の一つ話になっています」

「ははあ」

「昔は、小学生でも恥というものを知っておった。しかるに何ごとであるか。いまの大学生は、卒業式にも親のくるのがいるそうですな。こんなことでは、日本文化の将来は闇《やみ》である」

「どうしてこんなことになったとおもいますかね、なんのせいでしょう」

と、そのジャーナリストは訊《たず》ねた。

「それは、赤線が廃止されたせいです」

と、私は答えた。

「さっきのことと、赤線の廃止と、どういう具合につながりますかな」

「それは、いくらでもつながります。しかし、赤線廃止がわが国文化にあたえる影響についての小生の意見は、もう聞きあきたとおもいますな」

「しかし、つながりますかな」

「つなげておみせするのは至極簡単ですが、ま、そう厳密なことを貴君も言いなさんな。根岸の里の侘住い、というのがあるでしょうが」

「ありますな」

「それにつけても金のほしさよ、というのもあるでしょう。ああいう調子で、ということは、なぜならば、赤線廃止のせいである、という按配にお願いします」

「……」

「からっ風が吹いて咽喉《のど》が痛くて不愉快だ、それというのも赤線廃止のせいだ。半熟タマゴが固く茹《ゆ》だり過ぎてしまった、それというのも赤線廃止のせいだ。電信ばしらが高いのも、郵便ポストが赤いのも、みんな赤線廃止が悪いのよ、という具合に、なんでもかんでも、突然、赤線廃止が出てくるそのおもしろさで、小生の意見をしめくくっていただきたい」

と私が言うと、彼は、

「そういう意見は、どうもわが社の新聞ではあつかいかねますなあ」

とにが笑いして、帰って行った。

*

突然、話が飛躍するが、いずれ元にもどるはずであるから、しばらく横道を許していただきたい。

「子供の小さい膳《ぜん》の上には、いつものように炒《い》り玉子と浅草海苔《あさくさのり》が、載っていた。母親は父親が覗《のぞ》くとその膳を袖《そで》で隠すようにして、『あんまり、はたから騒ぎ立てないで下さい、これさえ気まり悪がって喰べなくなりますから』

その子供には、実際、食事が苦痛だった。体内へ、色、香、味のある塊団を入れると、何か身が穢《けが》れるような気がした。空気のような食べものはないかと思う」

岡本かの子女史の『鮨《すし》』の一節である。母親は、この子供に、玉子と海苔のほかのものを食べさせようとして、子供の眼の前で自分の手で握り鮨をつくってやることを思いつく。

まず、玉子焼鮨をつくった。玉子は子供にとって馴染《なじ》みのものだから、すぐに口に入れることができた。

「母親は、また手品師のように、手をうら返しにして見せた後、飯を握り、蠅帳《はえちょう》から具の一片《ひときれ》を取りだして押しつけ、子供の皿に置いた。

子供は今度は握った飯の上に乗った白く長方形の切片を気味悪く覗いた。すると母親は怖《こわ》くない程度の威丈高《いたけだか》になって、

『何でもありません、白い玉子焼だと思って喰べればいいんです』

といった。

かくて、子供は、烏賊《いか》というものを生れて始めて喰べた」

烏賊のつぎは、白身の魚を食べることができた。鯛と比良目《ひらめ》である。ざくろの花のような色の赤貝の身や、二本の銀色の竪縞《たてじま》のあるさより、、、などもたべられるようになった。それから、だんだん当り前の飯のおかずに魚が食べられるようになってゆく……。

昔、この小説を読んだとき、私は自分の子供の頃を、そのまま目の前に突きつけられたような気持になった。

魚は、顔があるから厭《いや》だった。滑《なめ》らかに光っている皮が薄気味わるいし、その皮の下から出てくる血身《ちみ》のどす黒い色をみると嘔気《はきけ》がした。はらわたや、目玉をくり抜いて口に入れたりすることは、論外である。

白身の魚の切身も、なまなましくて困る。辛うじて、ワカサギのフライと、カマスの干物だけが、口に入った。もちろん、頭は取り去っておいてもらう。

味噌汁と沢庵は、においが厭で、口に入らない。梅干は、ぶよぶよした皺《しわ》だらけの外見が、正視に耐えない。

果物《くだもの》は比較的無難だったが、蜜柑《みかん》は駄目である。他人が食べているのも、厭である。一たん口に入れた袋が、ぐちゃぐちゃになって口から出てくるのが耐え難い。蜜柑が食べられるようになってからも、長い間、袋ごと嚥《の》み下してしまっていた。

小学校の昼飯の時間は、苦痛だった。食べないで済ませることができればそれに越したことはないのだが、そうもできない。校門の傍のパン屋で、バターか蜂蜜を塗った食パンか、ラスクというパンの木乃伊《ミイラ》のようなものを買ってきて食べる。

席のまわりの生徒たちが、アルミニウムの弁当箱の蓋《ふた》を開いて、机の上に上向きに置く。飯粒などのついているその蓋の中に、当番が白湯《さゆ》を注《つ》いでまわる。生徒たちが、背をかがめ、蓋の縁《ふち》に顔を寄せてズルズルと白湯を啜《すす》る。その情景が、寒気がするほど厭なのである。当番の注いで歩く大きなヤカンの中身が、茶ならばまだいくぶん救われるとおもうのだが、白湯というところがなまぐさい感じで、我慢ならなかった。

ところで、現在はどうかというと、何でも食べることができる。まったく見ごとなくらい、いかなるものでも食べることができるのである。

街の小さいレストランで、松茸《まつたけ》のフライを食べていると、やがて裏側に油虫がへばり付いて一緒に揚がっていることが分った。

近くに立っていた黒服のマネージャーを呼んで、

「これは、あまり良くないね」

と小声で言った。

マネージャーの顔が緊張し、葬式に行って死者の身内に挨拶《あいさつ》するような眼つきになって、

「申しわけありません」

と、これも小声で言った。ことを荒立てられると、営業停止になりかねない。しかし、私は寛大な気持になっていたわけでもない。そのことが大したことに思えず、油虫を剝《は》がして松茸だけ食べてもいいくらいの心持なのである。

酒場で、ブランデーグラスの中に、蠅の死骸《しがい》があったことがある。酒浸しになっているので、死骸は浮ばずに底に沈んでいる。このときは口を開くのが面倒くさかったので、黙ってつまみ出して床に捨て、ブランデーは飲んでしまった。

なんのせいで、そんなに変ったか。

戦争のせいである。

いや、私自身がそういう変化を、有難くおもっているのだから、戦争のおかげと言ったほうが正しい。どんなときにも、突然「赤線廃止のせい」という言葉が出てきてほしい、と言った私だが、この場合は裏返して「赤線のおかげ」と言いたい。

生きていることは、汚れることだ、ということは生きているうちにしだいに分ってくる。その考えが決定的になったのは、戦争のときである。

汚れるのが厭ならば、生きることをやめなくてはならない。生きているのに、汚れていないつもりならば、それは鈍感である。

もっとも、汚れかたにもいろいろある。私として、あまり歓迎できない汚れかたもいろいろあるが、それについて話し出すと長くなるので、やめる。

汚れるのが厭ならば、死ぬより方法はない。子供の頃、はやくも餓死することになる。

旧制高校の頃……、やたらに悩む時期である。あるいは、悩んでみせる。私は寮の日誌に、「ぼくは悩みがないことを、悩む」と書いて、その風潮をからかったことがある。といって、自分に悩みがなかったわけでもないのだが、友人たちの悩みを聞いていると、感心できないものが多かった。

「ぼくは、いま、食事のたびに悩んでいるんだ」

と言い出した男がある。

「牛も豚も魚も野菜も、みんな生命のあるものだ。そういうものを食べていいものか」

と、彼は悩むのである。

「なにを、いまさら」

と、私はおもった。

そういう残酷を犯すこと、そういう汚れかたをすることが、生きてゆくことなので、二十年ちかく生きてきたくせに、なにをいまさら、と思ったわけである。

生きてゆくことにきめたならば、生きてゆくために便利なことは、どんどん受け容れたほうがよい。

食べるものにしても、なんでも食べてしまったほうが便利である……。というのは「考え方」であって、それに実行がともなうようになったのは、これは戦争のおかげである。それから、その仕上げをしたのは、やっぱり、赤線のおかげだなあ。

であるから、高踏的に振舞っている人間は、みんなインチキだとしかおもえない。「純粋」とか「純潔」とか「純情」とかいう言葉くらい、嫌いなものはない。どれもこれも胡散《うさん》くさいにおいを、ぷんぷんと放っている。

＊

なんでも食べられるようになるに伴って、大きく変化した事柄が、二つある。

一つは、金銭にたいする姿勢である。

昔は、金のことを口に出すのが、恥ずかしくて、できなかった。口に出そうとすると、生理的な苦痛を覚える。

戦争が終っても、まだ、その性癖は直らなかった。食べるのに困って、大学在籍のまま、女学校の講師をしたことがある。そのとき、どうしても給料の額を訊ねることができない。

「考え方」としては、すでに昔とは違っていて、

「かならず、訊ねなくてはいけない」

と、自分に言い聞かせたが、どうしても口に出せなかった。

月末になって給料袋を開いてみると、予想したよりも、かなり少額だった。私は腹を立てて、その全額を投じて香水を買い、女の子にやってしまった。そのため、翌月一か月は、スイトンばかり食べていたが。

腹を立てたのは、額が少なかったことにたいしてでもあるが、もっと多く、自分が訊ねることができなかったことにたいしてである。

それが現在ではどうかといえば、平気である。正直にいえば、金のことを口に出す前には、覚悟をきめることが必要なのだが、口に出すときには平気のようにみせることができる。金はたくさんあるほうがよいが、使う分だけ入ってくれれば、私は満足である。しかし、そのことがなかなか困難なので、原稿料の額についても、私はなかなか

かうるさい。

六、七年前の話だが、ある酒場で飲んでいると、あるジャーナリストに会った。並んで坐ったとき、

「原稿料を上げてください」

と、私が言うと、彼は不意を打たれたように、いそいで私の片手の指を二本握り、

「それでは今度からこれで」

と言った。

どうも、馬方の取引に似てきましたな。

彼の握った指は、私の親指と人差指である。私のそれまでの額は、一である。指を二本握ったから、二になったとおもえるが、親指は人差指よりだいぶ短い。

あとで友人に訊ねてみると、諸説紛々である。親指が人差指より短いということで、私は一・五ではあるまいか、と危惧《きく》をあらわすと、

「そりゃ君、やはり二だよ」

と言う男もいるし、

「二本握って隠したわけだろ。残りが三本ある。つまり三ということではないか」

と言う男もあった。

平気で口に出せるようになったのはなんのせいか、といえば、赤線のおかげである。

門口に立っている女をつかまえて、訊ねる。

「いくらだ」

「時間で千円、ショートで五百円よ」

「高い、時間で七百円にマケロ」

ポケットにそれだけしか金がないので値切っているわけなので、口に出さないわけにはいかないのである。まったく、赤線のおかげである。

＊

変化したもう一つは、女性についての好みである。

これは、何でもかまわなくなった。というよりも、偏向が現れてきた。

昔は、あまり女っぽくなくて、というより人間くさくない、幽霊のように影の薄い女が好きだった。これは今でも好きであるが、新しい好みがでてきた。

近ごろ、酒場の女性が、私にこう言った。

「好きな女性って、タイプがきまっているのね」

「そうかな」

「そうよ、なんだか小児麻痺みたいなタイプがいいのね」

小児麻痺というと語弊《ごへい》がある。そういわれれば、背の低い、美人顔でない、バランスの取れない女性を好む傾向がでてきた。

「つまり、ゲテ好みなのよ」

と彼女は言う。

なんのせいか、赤線のせいである。女の値打について新しい発見をしたことが、そのタイプにつながるとなると、やはり「せい」ではなくて、「おかげ」である。

しかし、とかく偏向は好ましくないな、と私は反省した。もっと広い包容力を持たなくてはならぬ。食べもののように、なんでも食べられるようになりたい。

私を批判した彼女に、次のとき言ってみた。その女は、細おもての背のすらりとした美人である。

「きみは、いい女だなあ」

「あら、私のようなのは、好みじゃないはずでしょ」

「きみのようなのも、これから勉強したい」

「…………」

「いい女だなあ」

と言うと、彼女は顔をしかめて、

「やめてよ、あなたにそう言われると、ゲテモノというハンコを押されたような気になるから」

「しかし、いい女だなあ」

「お願いだから、言わないで、自殺したくなるもの」

と彼女が言った。

もっとも、女性に関しては、私はいまのままで不便を感じていない。美人に興味が起らなくても、美人から言い寄られることは起ることではないので、一向に不便を感じない。

なぜ性を書くか

先日もインターヴューを受けて、「ぼくはセックスに関してはだいたい異常な点はないですな」と言うと、相手が「しかし自分でそうおもっているだけかもしれませんよ」と言われ、一瞬、それもそうかもしれぬ、とおもった。性というものには、どうもそういう点がある。

しかし、女と寝るよりは、国際状勢とかわが国の運命とか月の裏側とかにはるかに深い関心を持っている人物がいるだろうということは、想像できる。そういう人物に比べると、私ははるかに深く性に関心を持っている。昨夜も、この原稿を書こうとしていると、旧友の沈着勇猛なコミュニストが訪れてきて、「君はもっと世界における日本の位置というようなことに考えをめぐらさなければ、文学者としてダメである」と演説し、エドガア・スノウとかそのほか今はみんな忘れたが二、三の人名を挙げ、その著書を読みたまえ、とすすめてくれた。だが、その夜彼の話してくれたことは、だいたいにおいて耳あたらしいものはなかった。理路整然と分っているわけではないが、細胞に沁みこんで分っている。今の世の中で生きてゆくことは誰しも大変な作業を全身をあげておこなっているわけなので、現代に生きるということがどんなことかは馬鹿でないかぎりおのずから分ってくる。ただ、頭だけ肥大した分り方でないだけだ。私は、自分が馬鹿でないことと、現代が細胞にしみこんでいることを信じる。もっと、自分自身の細胞を信じることにしよう。

であるからして、私はエドガア・スノウを読む気持はない。もっとも、わが旧友は、世界における日本の位置と同じくらい深い関心を性についてももっている模様で、「英雄はスケベエである」という俚諺《りげん》をおもい起させたが、私は英雄でないので、彼のすすめてくれる書物を二頁も読めば面倒くさくなることがあきらかである。三十五歳を過ぎてから、私は深い関心を持てぬ事柄を、努力して理解し吸収しようと試みることは一切やらぬことにした。結局、そういう努力は無駄骨で、頭の中に知識として残ったとしても、細胞の中を素通りしてどんどん軀の外へ出てしまうことが分ったからである。短かい人生である。あまり無駄なことをしている暇はない。

誤解を招かぬように付記すると、私はこの旧友が好きなのである。けっして彼を誹謗しているわけではない。いろいろの人間がいる。そこが面白いところなので、ソバ屋へ入って、ここのソバはビフテキみたいな味がしないと文句を言っても、意味のないことだ。咎めるなら、ソバとして不味いことを問題にしなくてはならぬ。

さて、私は性に深い関心を持っている、と書いたが、関心の持ち方にもいろいろある。断っておくが、私はスケベエではない。好色かもしれぬがスケベエではない。じつは、両者の違いを正確には知らぬのだが、上品下品の差というより、もっと範疇の違うもののような感じがするので、そう言いたいわけだ。

私がスケベエでないことは、作品の性描写を読んでいただけば分る筈である。ここでまた付記する必要があるが、私はあながちスケベエを誹謗しているわけではない。ドスケベエというのはしばしば愛嬌のあるものだし、また上等のスケベエの作家の書く、肉のにおいの立ちこめるねっとりした性描写もいいものだ。私には、その種の描写は不可能である。これも生理構造のちがいによるもので、動物質でなく、植物質なので、時折それを残念におもうこともあるが、劣等感を持つわけではない。ヘンリー・ミラーの性描写をドラム・ソロにたとえれば、日本人作家のそれはしばしば三味線の爪弾きをおもわせる。これも程度の差ではなくて、範疇の相違であり、ヘンリー・ミラーのような凄まじい肉慾の持主でなくては所詮性を理解することができないとおもうのは、錯覚であり、いわれない劣等感である。したがって、私の性描写は植物の茎の切口から出る液のような透明さをもっている筈である。透明なのは、ロマンチシズムの霧をとおして性を眺めようとせず、細胞に即して描いているためである。

私の近作に触れながら書くように注文されたのだが、「砂の上の植物群」という題名は作中で述べたようにクレーの画題から貰ったが、右に述べたような意味合いも含まれている。クレーとかドビュッシイとかいうのは植物質の芸術家で、その生理のあんばいが私に似かよっているらしく、その画や音楽の背後にある作者の細胞と、私の細胞とが照応し合うような感じで、こまかい襞まで理解できる。

さいわい拙作については、幾人かの批評家の評言を得ることができたので、モチーフとテーマについては、それら諸家の文章を参照していただきたい。私はここで、この作品の発想のキッカケについて書こうとおもう。

数年前のある日、といって、その日に特別の出来事があったわけではない。その日を境にして、時折、私の中に奇妙な心象風景がひろがるようになった。それは、心象風景というよりも、むしろ細胞の内側の風景といったほうが適当だろう。

その風景は、そのまま作品の中に書いてあるので、その部分を引用してみよう。

「彼は、赤く濡れた心持になった。彼の耳は空気中に放電してゆく低い唸り声に似た音響を聞き、喫茶店の椅子の上で彼の軀はこまかく揺れ動いた。ふたたび、憤怒に似た感情が、彼の底から湧き上ってきた。

細胞内部の環境が、そこに拡がる風景が、みるみる変化してゆくのを、彼は痛切に感じ取った。その瞬間、彼の眼に映ってくる外界の風景にも異変が起りはじめた。ガラス窓の外を通り過ぎてゆく通行人の中に、時折、動物の姿が混りはじめたのである。

赤茶けて色褪せたたてがみを、使い古し擦り減った歯ブラシのように短く立てて歩いている動物がいる。顎の下から咽喉にかけて余った厚い皮がゆったりと垂れさがり、色艶のよいその皮が波打つようにだぶついている動物がいる。血をしたたらせながら、咽喉の奥で声をたてて走り過ぎてゆく動物がいる。あるいは、桃色に膨れ上った局部をふさふさした美しい毛並の間から見え隠れさせて歩いてゆく動物もいる。（略）彼は、いまガラス窓の外を通り過ぎた動物のあとを追った。前を行く両脚の間を見詰め、彼は長く舌を垂らしながら、その動物のあとを追った」

私はそういう状況に捉えられたとき、試験管の中に入れられた自分の細胞が、にわかに化学変化を起しはじめたような気持になった。「憤怒に似た感情」という言葉を使ったが、二十代から三十代の前半にかけて、私が作品で性の問題を取扱うときには、いつもそういう感情に捉えられていた。それは、世の中の性というものについての受取り方にたいしての憤りであり、そういう考え方にたいして腕を振り上げる心持であった。いわば、ダダイストの心持に近く、表現された形はダダの作品とはまったく違っていたが、たとえば二十五歳の作品「原色の街」もその背後にあるものはそういう心持といえる。しかし、今度の場合の「憤怒に似た感情」は、それとはかなり違ったもののようだった。試験管の中の液体が化学変化を起すとき、熱を発する場合がある。それに似た感じを私は抱き、自分の細胞が中年になったためか、とおもった。しかし、それだけではなさそうだった。

冷静に、しかし情熱をこめて、私は自分の細胞の中の風景を眺め、それを描き出そうとした。数年前から、私の作品の中に、「細胞」とか「漿液」とかいう文字がしばしば現れることに、気付いていた読者もあるいはおられるかもしれない。非科学的な、私の妄想の中の言葉だったが、案外、科学的なものかもしれないとおもうことがある。この作品を書きはじめてから、疲労回復剤にアスパラという薬を常用した。細胞ニ飛ビコムアスパラ、という薬で、その効能書に「細胞内部の環境を変える」という文句があった。これある哉、と私はさっそく使うことにしたのである。

閑話休題、そういうわけであるから、この作品はあながち性を書いたというだけのものではない。紙数が尽きたので、突然終りの文句になるが、もしもこの作品で心を動かす読者があるとすれば、それは作品全体に流れる強い孤独感（孤独という言葉はくすぐったくて使いたくないが敢て使う）のためとおもう。性の問題についての分析は、そのあとにくるものだとおもえる。

嫉妬について

青春時代においての嫉妬、というと、すぐに思い出す一つの情景があります。終戦の翌年、私が友人たちと同人雑誌を作っている頃のことです。そのための会合の場所が、現在と違ってなかなか見つからないで苦労していると、同人の一人が、知人の家の部屋が借りられる、と言います。そこで、その部屋で集会を開くことになりました。

当日、その場所へ行ってみると、その部屋は襖一重へだてて家族の居間とつづいています。そして、同人の一人の知人の家ということでしたが、知人といってもよほど縁の遠い、さして親しい交際をしてはいない間柄ということが分りました。私たちがその部屋に集まっても、家族の人は誰一人顔を出しません。それが、集会の邪魔をしないようにという思いやりとは違った感じで、まるで私たちが無理に見知らぬ家に押入って一部屋を占拠してしまったような雰囲気になってしまいました。

どこかに話の行き違いがあった模様です。気まずい気分で、座敷に坐って、予定の人数が全部揃うのを待っていました。

すると、妙なことが起りました。廊下に面した障子が開いて、見馴れない男の顔が現れました。着物を着た若い男です。当時、大学生だった私たちよりも若い、大学受験勉強中といった感じの男です。その男は首だけ部屋の中に入れて、あたりを見まわすと、首を引込めて障子を閉めて姿を消してしまいました。

しばらくすると、また障子が開き、

「ちょっと失礼」

と言って、その若い男が部屋へ入ってきました。前の時とは少し様子が違っていて、タオルを頭にかぶせてうしろで結び、くわえ煙草で、手に将棋盤を持っています。盤の上には駒が乱雑に載せられてありました。

その男は突立ったまま、部屋の中をじろじろ見まわしていましたが、やがてつかつかと私の前へ歩いてきてどっかと胡坐をかくと、

「どうです、一戦やりましょう」

と、私に話しかけました。私は、彼の行動の意味がよくのみ込めず、よほど将棋自慢の男かな、と考えながら、

「いや、いまちょっと」

と断る素振をしました。もともと私は将棋は下手、というより出来ないのに近く、それに間もなく会が始まるので、将棋の相手などしていられないわけです。しかし、その男は、ますます私の方へ膝をすすめ、

「さあ、さあ、やりましょう」

と、水平に突出した将棋盤を私の胸のところへ押付けるようにします。その盤の動きに、私は敵意のようなものを感じ取って相手の顔を眺めますと、その眼が黄色い光を発して、ギラギラ輝いています。

私は咄嗟に、「この男は精神に異常があるのかな」と思い、当惑した心持になってきました。男はもう盤を畳の上に置いて、駒を並べはじめています。

その時、また障子が開いて、若い娘が入ってきました。この家の娘だろうと推察したわけですが、なにしろ初めて見る顔ですから確かなことは分りません。彼女は私の前に坐っている男の傍へ寄ると、

「△△さん、ちがうのよ。こっちへいらっしゃい」

と言って、男の袖を引張って、部屋の外へ連れ出しました。

会が終って、私たちが帰ろうとしているとき、先刻の若い男がうって変ったニコニ

コ顔で出てくると、

「さっきは失礼しました。ちょっと思い違いをしていたもんで」

と言いました。

私たちは、しばらく狐に化かされたような気分でしたが、考えてみるとしだいに事情が分ってきました。つまり、こういうことなのだろう、と私たちは結論を出しました。

その若い男は、その家の家族ではない。その家の娘に惚れて、しばしば訪れてきている青年にちがいない。そして、その家とかなり親しい関係になっているが、まだ娘の心を摑んでいるという自信が持てない状況にある。彼はその娘を非常な魅力ある存在と信じ込んでいるから（実際はべつにチャーミングな女性とも私たちの眼には映りませんでした）その家に入ってくる若い男は、すべて彼女の心を捉えることが目的で訪れてくる、と思うわけです。

そのため、私たちが別の目的で、部屋だけ借りて集っているのを、新しい青年たちが大挙して彼女を攻撃にきた、と思い違えたのでしょう。

私たちは座敷で雑談していたわけですが、丁度そのとき座敷の中心に私がいました。また、彼の眼にそういう私が大人っぽい小にくらしい様子に映ったのでしょう。そこで、対抗する目標を、彼は私に置いたわけです。その対抗する気持、闘争心、敵愾心のあらわれが、私に将棋盤を突きつける形になったにちがいありません。

私は、彼が私を睨んだときにその眼に現われた黄色い光を思い出しました。その光は敵愾心ばかりではない、嫉妬心というものを現わしていました。それでは何にたいして嫉妬しているのか、それはつまり、彼女を獲得する可能性の自分より強いかもしれぬとおもわれる相手にたいする、架空の嫉妬心です。

おそらく彼は、彼女の心を摑みかねて、イライラしている状態にあったのでしょう。そして私の推測では、彼は大学受験に失敗してぶらぶらしていた状況ではないか。大学生になると、ともかく世間は大人あつかいをしてくれます。大人あつかいされ損った人間が、大人あつかいにされる人間にたいする劣等感、そういうものが彼の心にあったのではないか。隣の部屋に大学生がたくさん来ている、ということが、彼の心を刺戟したのではなかったか、とおもわれます。一方、彼は自分に自信を持っている人物にちがいない。そのことが、劣等感を裏返して、闘争的な態度を取らせたのでしょう。

＊

右の挿話によって分るように、嫉妬心が起る基盤の一つに、劣等感というものがあります。そして、劣等感というものは、あまりにかけ離れた存在にたいしては起らないものです。例えば、村角力で、どうしても優勝できない青年は、その優勝者にたいして劣等感を持つにしても、横綱の若乃花には劣等感は持たない筈です。若乃花の力にたいして、尊敬の念とか羨望の心持は持つにしても、劣等感は持ちません。何故ならば、劣等感は、自尊心が傷つくことによって、生れてくるものだからです。あまりに力のかけ離れた相手にたいしては、力くらべをしようという気持は起らず、自分の負けるのがあたりまえという心持になります。こういう場合には、自尊心は介在する余地がありません。

従って、あまりにかけ離れた存在にたいしては、嫉妬心もまた起らない。ところが、AとBとの実力にはかなり開きがある、と他人の眼には映っても、B自身の眼にはその距離が映ってこない場合がしばしばあります。年齢を重ねてくるにしたがって、人間は自分の才能、能力の限界が分ってくるものです。他人との距離の測定も、正確になってくる。しかし、青春の時期には、とかく人間は大きな自負の念と自信を失った心持との間をはげしく揺れ動くものです。自分の中に、大きな可能性を夢みます。

また、青春の時期にある人間は、これから世の中へ出て、そこで自分の場所を見つけ、生活を立てて行こうとしているわけです。自分の個性が強烈であり、才能が大きいほど、大きい場所を見つけることができる、という気持に捉えられます。

そのため、他人と競り合う心持を持つ機会が、大そう多くなってきます。

ところが、才能とか個性とかいうものは基準のあいまいなものです。点数のつけにくいものです。三段跳で、十六メートル跳べる人は、十五メートルしか跳べない人よりも優れている、ということは明瞭です。スポーツの場合は、こういう具合に基準がはっきり出来ているものが多い。自分の能力がはっきり数字にあらわれれば、負けてもアキラメがつき易い。負けてニッコリ笑って、勝者を祝福することも、それほど無理にならずに出来るわけです。

しかし、他の多くのものは、基準があいまいです。その最もあいまいな例に、美というものがあります。

私は、美人コンクールで、次点になった美人がニッコリ笑って優勝者を祝福する場面を見ていると、まるでスリラー映画でも見ているような気分になってきます。近頃では、八頭身とかウェスト、バスト、ヒップの理想的な数字とか、いろいろ美の基準らしい数字が現れてきました。しかし、それにもかかわらず、美の基準はあいまいです。コンクールで次点になった女性は、自分が十五メートルしか跳べなくて、優勝者が十六メートル跳べた、そのため自分が負けた、という心境にはなれるものではありません。彼女の自尊心は傷つき、焦立ちます。自尊心の傷つきが、はっきりした劣敗感と結びついてしまえば、むしろ心持の処理がやり易いわけですが、この焦立ちが嫉妬心を誘い出します。ニッコリ笑っている彼女の心の中には、まっ黒い嫉妬心が渦巻いているだろう、とおもうと、スリルを感じるわけです。

＊

スリラーの話をもう一つ。こういう昔話があります。

昔、ある男が、正妻と妾とを同居させていた。彼女たちの間柄は大そうスムースにはこんでいて、仲むつまじく見えた。そして、三人の男女は、無事に同居生活をつづけていた。ところがある日、二人の女が向い合ってサイコロ遊びをしている姿を、男が障子のすき間からふと眼にしたとき、彼は驚きの声をあやうく抑えた。男の見たものは、二人の女の髪の毛の一本一本が、すべて蛇と化して互に舌をチロチロ吐き出しながら、いがみ合っている姿だった。

この様子を見てから、男は世の中がハカなくなり、とうとう出家してしまった、というところで話が終っているのですが、私にはこの男の気持はよく分りません。妻妾を同居させておけば、そういうことになるのは当然のことで、あらためて驚くことはありません。もっとも、あまりになまなましい人間くささに出会うと、ハカない心持になるという気持は、分らないものでもありません。

終戦後間もなく、私は一人の同年輩の青年と友だちになりました。彼はどんな時にも殆ど表情を変えず、冷然とした様子をしている男です。彼は、戦争というものが自分の心を鋼鉄のように堅くきたえ上げた、といい、口ぐせのように、

「嫉妬心なんて全く僕にはありませんね。そういう無駄な感情は持ち合わせていない。たとえば、僕の恋人が他の男と接吻しているのを見たとしても、全く何の感情も起りはしない」

ということを、気負った口調で言っていました。

その言葉によって、彼は自分がきわめて男性的な、嫉妬心などというわゆる女性的なものの持ち合わせのない、冷酷非情な人間ばなれした男である、と主張しているわけです。冷酷非情の人間、というものは、青春期の人間にとってしばしば魅力ある存在に見えるものらしく、そういう人物を気取る男は多いようです。私は、彼のその言葉を聞き、昂然とした表情を眺めながら、果して、彼がその言葉どおりの人物かどうかひそかに疑いを持ちました。

そのうち、彼が彼の言葉とは反対の、大そう嫉妬ぶかい、またセンチメンタルなところを持った性格だということが分る事柄がつぎつぎと起りました。私はそういう彼を見ていて、ハカない気分になるより、むしろほほえましい気分になりました。そのほほえましさは、彼もやはり私の理解し得る範囲の人間くさい人間であった、という安心感から出てきた点もあったかもしれません。

嫉妬、というと、すぐに女性と結びつけて考えられています。きわめて女性的な感情ということになっています。たしかに、男性の場合は、自尊心が傷つき劣等感が生れてくると、それを回復しようとして、闘争的な形をとることが多い。感情を内攻させないで、発散させる方向に向うことが多い。しかしたとえば、一人の女性を争って二人の男が殴り合いの喧嘩をしている場合、その根底には嫉妬というものが存在しているといえます。ただ、エネルギーをさかんに発散させている形で、それが現れているため、いかにも「嫉妬」という形から一見遠いように見えるわけです。

やはり、嫉妬というものは、女性特有の感情というよりは人間くさい人間的な感情というほうが正確です。

いままで述べてきた事柄によって、嫉妬心というものが、自己主張や失地回復の気持と結びついた現れ方をすることが分ります。向上欲の刺戟剤となる場合もあります。

自負と自信喪失の間をはげしく動揺しがちの青春期に、免かれることのできない嫉妬心は、この方向にうまく向けるようにすれば、これはマイナスの感情ではありません。

私は重病で長い間ベッドに寝ていたことがあります。衰弱がはげしく、苦痛がつづき、一分一分が苦痛の連続でした。それが数週間つづいたある瞬間、私は不意に、生きている一分一分に苦痛が伴わない健康人に、はげしい嫉妬の気持を感じました。私はその嫉妬心が、闘争心に結びつく方向にあることを認めると、「きっと私は病気から回復するだろう」と思いました。

こういう嫉妬心の方向が逆になって、内攻し、そのあげくに自分で自分を虐めることに快感を覚えるような地点へ辿りつくことがあります。こういう嫉妬の方向は、不毛なもので、警戒しなくてはならぬものです。

恥

1

十代の後半、私は劣等感の塊になっていた。当時、時代は軍国主義一色に塗り籠められていたので、いわゆる「芸術」の分野は蓋をされていた、といってよい。私の亡父は、一時小説家として華やいだ時期があったが、私のものごころついたときには、株屋に転向していて、文筆家であった気配を、家の中から、まったく拭い去っていた。とにかく、何をやっても駄目だった。当時自分ではまだ気付いていなかったいくつかの特質は、どの社会的分野にも不適合だった。だから私は、自分は何をやっても駄目な、才能のない人間であると思い込んでいたのである。

その劣等感の泥沼からどうにか這い出すきっかけになったのは、萩原朔太郎のエッセイであった。これについては以前に書いた部分を、引用してみる。

「朔太郎はそのエッセイの中で、詩人という種類の人間がどういうものであるか、詳しく書き記している。そして、私が自分自身を持てあます原因となっている数々の事柄は、そのまま特性として挙げられているではないか。そのときの心持は劇的であった。心臓のまわりを取り囲んでいるセルロイドの殻が、みるみる溶けて消えてゆく気持である。私は、詩人になれる、とおもったわけではない。そんなことよりも、私のような人間にも、ちゃんと場所が与えられていたという発見のよろこびである。私はエッセイの次に詩という順序で朔太郎に触れた。するとその詩の微妙な味わいが、ことごとく分るではないか」

こうして私は、いわゆる「芸術」というジャンルに、自分の生きる場所を発見したのである。このときから、私の体内にあった、自分は何をやっても駄目な人間であるという劣等感は大分薄くなってきた。ここで註解を加える必要がある。私は自分のことを語っているから、話が小説家の才能について片寄ってくるが、あらゆる分野でこういう形は存在している。角度を変えて考えれば、才能がなくても、人間としての美質があれば、それで十分なのである。

やがて「新人作家」と呼ばれる頃になると、いろいろの批評が評論家から加えられはじめる。

新人の頃は評論家の按配についてもよく分らないし、自分の才能の限界についても客観的に判断することができなかったから、評論家のひと言ひと言が、胸に突き刺さった。貶《けな》されたり、見当違いな誉め方をされたりする度に、私は羞恥の殻に閉じ込められた。

もっとも、評論家というものの特性を呑み込んでいる現在でも、悪口を書かれれば腹が立つことはあるが、新人の頃とは比較にならぬほどその感情は薄まっている。それは、一つには自分の限界についての判断ができ上っているためだろう。どんな人間でも、限界のない人物はいない。もしいるとすれば、それは化け物である。限界があることに、失望しすぎないことが必要だ。

物書きだけがとりたてて劣等感を持ちやすいのではない。人は誰でも劣等感を抱いたまま墓穴に入るものなのだ。

私は五十歳になった今でも、若い頃の劣等感とほとんど同じ性質の劣等感を持つことがしばしばある。例えば筆が進まなくなっているときに、送られて来た同人雑誌に目を通すと、初めて見るまったく無名の新人の作品が、私の作品よりずっと秀れて見える。もっとも、自信を回復しているときには、事情が違ってくるが。

この感情は、私が物を書き続ける限り、私の背後で影になってつき纏《まと》うだろう。その劣等感が私の中で消失するときは、私が物書きでなくなったときであろう。

2

過去を振り返ってみると、私の劣等感の歴史は、自分自身の存在に関する懐疑の歴史であった。私の知る限り、私と同年代の戦中派の友人達も、私と同様であった。ところが、今の若い人が、私には想像もできない劣等感を持ちやすくなっていることを最近知った。それに関するエピソードを二、三例書いてみたい。

私の所にやって来るある青年が、毛虱《けじらみ》にたかられた。毛虱というと私にも何度か経験があって、Gペンの根元でシャベルですくい取るように皮膚から剝したりして楽しんでいたものである。友人の間でも、誰それが毛虱にたかられたということは一種のユーモラスな話題として歓迎された。

ところが彼は、毛虱にたかられたと分った瞬間、目の前が真っ暗になり、俺は駄目な人間であるという劣等感に捉えられたという。

毛虱——劣等感、という心の動きは私の理解を越えている。彼の口から劣等感という言葉を聞いたとき私が感じたのは、どうにもナサケないな、ということだった。毛虱にたかられた程度で劣等感を持つのはナンセンスである。

彼は素人の女としか交渉をもたない、と普段から誇っているプレーボーイ気取りの男だった。従って毛虱も当然素人から移されたのである。プレーボーイとしての矜持《きょうじ》が崩れ落ち、彼は一敗地にまみれた訳だ。

素人が清潔だと思うのは間違いで、娼婦の方が清潔な場合もある。

毛虱を移されたことで劣等感をもつことが浅はかであることを知ることができるなら、彼の抱いた劣等感は、今迄水準以下であったものを水準に近付けさせたという意味で、彼にとってプラスである。しかしその劣等感は、本来持つ必要のない性質のもので、毛虱のように些細な事柄は笑いとばせるだけの客観性がなければ、男としてはナサケない。

自分は短小であるという劣等感に悩んでいる若者も、私は何人か知っている。毛虱と同様に即物的な劣等感で、どうもたいした劣等感じゃないな、としか思えない。たとえ短小であろうとも、自分に適合した女が必ずいるはずである。これは、短小の若者に向ける慰めではない。セックスでは性器の一致が重要なファクターなのであるから、巨大であればいいというものでもない。

短小であるという劣等感を持つ若者は、自分に適《かな》った女を探せばいい。

短小で思い出したが、私はある娼婦に、電球くらいの大きさのペニスを持つ男の話を聞いたことがある。出産のときの女の膣の大きさを考えれば、性交が不可能なはずもないのだが、その娼婦は拒否した。職業として娼婦をしている以上、彼女は生理的な努力をしたくないわけだった。

そこで男は娼婦の傍らでオナニーをすることによって得心し、金を払って帰ったという。

私はその男に同情するとともに、逆に、そうなってみたいな、とも思う。私がそう思うのは、彼の性器に対する劣等感ではない。ペニスというのは性交の道具としてだけのものではなく、男という全存在の象徴として考えられやすい。そういうペニスは大きいほどよい、とおもうのは自然の成行きである。

悪名高いベトナムのゴ・ジン・ジェム政権が崩壊したとき、国民は政府関係者のペニスをすべて切除した後に埋葬したと聞く。残酷なようだが、ベトナム人はペニスに霊力が宿るという宗教を持っていて、それを切り落とさないと死者が甦ると信じているからそうしたのである。

もちろん、これは迷信であるが、男というものはなんとなくそれに似た感情をペニスに対して持っている。ペニスが大きいほど、男としての力があるように思ってしまう。

だから片輪といってよい電球のようなペニスの持ち主に一度なってみたいな、とふと憧れたりするが、これもベトナムの迷信と同じようなものと考えれば、こだわらずに済むことである。

3

毛虱や短小に関する劣等感は、なんだナサケない、という感じで済むのだが、つい先日、これはひどい、とあきれるほどの劣等感の持ち主が私の家へやって来た。二十歳そこそこの若者で、私は初対面だった。

鼻が低いのでひどい劣等感に悩まされている。ついてはどこかいい整形医を紹介してくれ、という意味のことをその青年はいう。男が自分の容貌にひけ目を感じる時代になったか、と私はつくづく嘆いた。

男は続いて、私を呆然とさせる言葉をいった。

その整形医にかかるだけの費用を持っていないので、金を貸してくれ、という。

狂人ではないか、と私は疑った。私の常識では、このような男は精神病院へ入院してしかるべきである。

見ず知らずの相手に金を貸してくれとは、社会人としての資格が疑わしい。それも、鼻が低いから高くしたい金であるとは、男として論外である。

容貌に関する劣等感は女性特有のものなのである。従って、男が容貌に関する劣等感を持った瞬間から、男は男ではなくなってしまう。

男と女の劣等感は、根本的に違っている。女の劣等感はほとんど、自分が美人でないと認識する所から出発している。実際、女は世間から美人だと認められればそれだけで人生が間に合ってしまう。ほぼ、劣等感から解放されてしまう。

私は戦後、金がなかったので外食券食堂に二年間通った。そこに通ってくる女は、例外なく美人と呼べるだけの外見を備えていなかった。

私はそれについて、貧しい生活をしていると女の容色は衰えるものなのか、と長い間思い込んでいた。ところが、最近ある友人がこういった。

「美人だったら、外食券食堂に来る必要はない。もっと良い場所で飯を食っていたさ」

そういわれて私は、なるほどと感心したが、どうもコロンブスの卵のような事柄だった。

外見が美しいというだけで、他人より良い生活ができるのが女の特権である。美人であるなら、悩みを持たないのは女として当然だろう。だから、容貌に関する劣等感は、そもそも女のためのものである。

にも拘らず、男が、短小なり容貌なり、明らかに外見に関連する些細な面に劣等感を抱くとは、どういう具合なのか。

私の世代と今の若い世代とで、人間の本質が変わってしまったとは考えられないから、変わったのは本質を取り囲んでいるピラピラの部分だろう。精神構造については、人間は二千年前と比べても、大して変化していない。

私の育った時代は、制服全盛だった。私大——帝大、下士官——将校。自分より上のランクの制服に対する劣等感が時代を支配していた。

現在はある意味で戦国時代だが、最大公約数を取ってみるとどうやらマイホーム全盛の時代らしい。短小であったり鼻が低かったりすると困るとは、良い女を選ぶのが難しいから困るのだろう。良い結婚をしたいという願望が、チラチラ覗ける。鼻が低いから良い配偶者を選べないと考える男は、処女を奪われたからお嫁にゆけないと泣いた昔の女に、どことなく似ていてなんともナサケない。

誰も劣等感を脱ぎ捨てることはできない。人生はけっして素晴らしいものではないが、どうせ生き続けなければならないのなら、なるべく上等な劣等感を身につけた方がいい。

マイホーム志向から派生する、様々な即物的な劣等感よりも上等な、自分自身の本質にかかわっている精神的劣等感を持てるのは、大きな才能ともいえる。

劣等感に傷つき、どこか他の場所を求めてあがき、醜態をさらしているうちに、青年は徐々に成長していく。毛虱根絶のために陰毛を剃った直後の淋しげな我が一物を、大笑いするだけの客観性が身についてくる。

私に関していうと、過去を振り返ると、なめくじが這った跡のように、恥を引きずって生きて来た。羞恥心で自分の過去から駆け出して逃げたいほど、恥にまみれて生きて来た。しかし、その恥が、私を衝き動かして生きてこさせたのだ。

醜態をさらし、恥をかくのは青年の特権である。どんどん恥をかくといい。精神的劣等感のためにかく恥は、青年という車を動かす原動力である。

マイホーム志向が最大公約数を占めているのは平和のせいだろうが、平和は青年にとって、受取り方によって、不幸にもなる。ただし、どんな不幸な平和でも、戦争よりはマシだということを忘れてはいけない。

怪しげな平和という巨大で厄介な肉の塊をガリガリ齧《かじ》れるようになるには、大いに恥をかくといい。

やさしさ

1

以前、すこし酔って、女の子と銀座を歩いていた。酔いが私の気分をゆったりさせていたからだろうか、道ばたの店で甘栗を買って歩きながら食いはじめた。そして、皮を剝《む》いた甘栗を、女の子の口の中にひとつ押し込んでやった。なんらかの魂胆があって、テクニックとしてそうしたのではない。

ところが、このなにげない動作に、女の子が強く感応したのである。彼女は私の、半ば無意識の行為を、男のやさしさとして受けとめたらしい。その後、私と彼女とはなんとなくウマくいってしまった。

このエピソードは、女の本質を分りやすく語っている。つまり、女はともすれば具体的な行為にしか感応しない種族であって、次元の高い精神的なやさしさは理解しないことが多いのである。

逆に考えると、女にモテようとするなら、じつに簡単で、男が女の次元に下がっていけばよいということになる。これについては十年ほど前に山口瞳も次のようなことを書いている。

「女にモテル男には、必ず一つの共通点がある。それは、自分を女のレベルまで下げられる、という一点である。私は自分のレベルを下げてまで女にモテようとする種類の人間は、男としてダメだと思う」

山口の意見はまったくそのとおりである。外国語を濫用したり、哲学者の名前をチラつかせたり、一転してハード・ロックのプレーヤーについて説いたりするなら、女はウットリするかも知れない。しかしそれは会話の内容を理解してではなく、ただムードに酔っているだけのことである。それで引っ掛かってくるような女は上等といえないのはもちろんだが、フシギなことに容貌まで上等ではないようだ。

女にモテようとして、見せかけのやさしさを演技することに一所懸命になるのは、山口は「自分のレベルを下げている」といったが、私には「既にレベルが下がっている」としか考えられない。テクニックとしてそうできるほどの男なら、そのテクニックではロクな女しか得られないと分っているはずである。やはり、もともとレベルが下がっているからこそ、そういう行為に没頭できるのだろう。

ところが欧米では、この種の行為がレディー・ファーストとしてマナー化している。タクシーに乗るときには女を先にするとか、女と二人連れで歩くときには男は車道側を歩かねばならない、といった類《たぐい》である。

これについて遠藤周作が珍説を吐いていた。昔は女が車道側を歩いていた、というのである。当時は便所が完備していなかったので、どこの家でも「おまる」に用を足し、一杯になった排泄物を窓から捨てていた。従って、道路の内側を歩いていると、それを全身に浴びせかけられる危険があった。そこで、女をより安全な車道側を歩かせたそうだ。

遠藤のいうことだから、真偽は保証できないが、これも女に対する具体的なやさしさから発したマナーではある。

レディー・ファーストということで、割とニコニコして生きている欧米の女たちは、表面だけ大事にされていればまあ満足している趣があって、女の単純さを具現している。

そうやって女たちを沈黙させて安心している欧米の男は、なかなかズルい。こういうズルさは、女とつき合ってゆく上に必要ではあるが、クドくときには感心しない。

いまの日本には、女のレベルまで下がってしまって猫なで声で女を喜ばせている青年が増加している。

2

男が相手を人間として尊重し、本気で関わりあっていくとき、男のやさしさは途端に観念的な形で表れてくる。思いやりを中《うち》に収めて秘《ひそ》かに配慮して行動する。ところが、この男のやさしさは、女にはほとんど分ってもらえないし、逆に怒られたりさえする。

私の体験でも、やさしさが裏目に出たことがしばしばあった。

これは、若い友人に聞いた話だが、あるとき、好もしく思っていた女が風邪をひいた。通っていくと、風呂が沸いているから入ってくれ、と熱で火照《ほて》った顔でいった。病身であるのに自分のために風呂を沸かしておいてくれた彼女の心根に彼は感激した。風呂から出ると湯を抜き、綺麗に風呂場を掃除しておいた。その男は普段はめんどくさがりなのだが、病身の彼女がしなければならない労働を幾分か軽減してやろうと考えてそうしたのである。

ところが、男がそうしたのを知って彼女は怒った。もう三日も入浴していないから今日こそ入ろうと思っていた。それなのに、今日に限ってなぜ余計なことをしてくれたのか、という。

風邪をひいている彼女が風呂に入るとは、思ってもみなかったことであった。しかし彼は弁解せず、ひたすら謝っただけである。

女に誤解されて怒られても、懲りずにまた誤解されるのが、男のやさしさの特性のひとつであろう。言葉を替えるなら、細やかな心くばりで相手をたてて自分が泣く、という部分が、男のやさしさには含まれている。

ひと言でいうなら、男のやさしさとは、熊の掌でもあろうか。熊は日本列島に棲息している獣のなかでは最も強い。にも拘らず、熊の巨大な掌は、非常に微細なところまで撫で分けるデリケートな能力を持っている。

だから、男が真にやさしくなるためにはまず熊のように強くならなければいけない。といっても、強くなろうと鍛錬しても決して強くはなれない。

これも、若い友人から聞いた話だが、私の耳には奇妙にひびいた。

妻が出産するときには、出産休暇として夫は三日休める、というのである。それは大企業のほとんどが実行していることであるともいう。

なんのための休暇であるかよく分らないので、彼にたずねてみた。もちろん、妻に付添ってやるためだ、それが夫としてのやさしさだろう、と彼は答えた。

私の考えでは、それは男としてのやさしさとはいえないのだ。本来の男のやさしさとは、妻が出産していたら外へ行って食糧のための獲物を余分にとってきてやることにあるのではないか。

やさしさ、には、『優』という漢字をあてる。『優』とは、劣の逆、つまり、余力のある状態をいう。やさしさの前提には、力、がある。力があるからこそ弱い者をかばい、自分のエゴイズムを殺して相手をたててやることができる。

妻が陣痛に苦しんでいるときに傍らでオロオロしているのは、あまりやさしいとはいえない。安心して子供を産め、あとのことはオレに任せろ、といってやるというような態度が、男のやさしさなのである。

3

私は、一人前の男だったら必ずやさしさを持つべきだし、持っていて当り前だと思う。

やさしさとは、男の最も男性的な部分なのである。

さて、最後に、ひとつ問題を出してみよう。解答によって、読者の「やさしさ度」

を測ろうというわけだ。

問題　ある男が、職業的でない女とベッドをともにした。情事の後、男は迷う。ここで帰ってしまうと、女を娼婦扱いしたことになり、女を傷つけてしまう。このまま泊っていくと、女は喜ぶかも知れないが、妻を怒らせてしまう。この場合、どちらにすればやさしさがあるといえるのか。

ヒント①　泊って帰り、翌日妻に嘘をつくのは不可能と知れ。なぜならば、最近は交通事故が多いので、それを口実に、妻は必ず夫の居所をつきとめるからである。

ヒント②　妻に対する罪悪感をまったく感じないでそのまま泊ってしまう男は、人間としてどこか一部分が欠落しているとしか考えられない。

解答①　妻に対する罪悪感、恐怖感に耐えつつ、そのまま女のために泊ってやる。妻は籍にも入っているし主婦という座を持っているのだから、一晩ぐらい我慢してもらう。

女は自分が娼婦扱いされなかったことに満足する。そして男のやさしさに感謝するだろう。

解答②　あまりあり得ないが、女が真にやさしい女だった場合。あたしはもう十分楽しんだから、早く奥さんのところへ帰ってあげなさい、奥さんが待っているわ、と女がいう。男はありがたく帰らせていただく。

ただし、男は、後で、差し障りのないときに埋め合わせをするべきである。それには、いろいろの形があるから、自分で考えること。

女を観る目

1

昨年の暮だったか、恋愛結婚の場合、その平均年齢は男二十六歳、女二十四歳であるということを新聞で読んだ。男女の年齢差が二歳というのは一見似合っているようだがじつは少な過ぎるし、男二十六歳はまだ早過ぎるという感想をもった。

早過ぎる結婚は男にとって損だというのが私の意見である。その年齢ではほとんどが女の罠《わな》に嵌《は》められたのであるのに、嵌められた男のほうはそうは思っていないのが特徴といえる。

早過ぎる結婚によって不幸にも妻と憎みあわねばならなくなった夫を、私は何人も知っている。つい最近も、私の友人がその長男の結婚について相談をもちかけてきた。彼の長男のケースには、早婚の愚かさがぎっしり詰め込まれているので、かなり詳しく書いてみる。

　長男が結婚したいといいだしたのは昨年の秋だった、という。突然の話だった。友人は息子に恋人がいることをそのときまで知らなかったし、息子の二十四歳という年齢と結婚とが即座に結びつかなかった。相手は誰だ、と友人は尋ねた。

　お父さんも知っているはずだ、と息子はある女の名を告げた。そういわれれば、朧《おぼろ》げに記憶がある。その女は、息子の大学の同級生で、四年生の頃に二度ばかり息子の部屋に遊びに来ていた。

　あの当時は、単なるガール・フレンドに過ぎなかったが、いまでは、彼女と彼女の両親が、なるべく早く結婚してくれといっている、という。

　友人は、なるほどとおもった。息子はガール・フレンドと肉体関係を結んだのであろう。そのことを女の両親が知ったのか、女がそのことを両親に告げるかしたに違いない。女の両親は「キズモノ」という言葉が生きている時代に育った人間で、「責任」を息子に迫ったのであろう。

　その女と結婚したいのか、と友人は尋ねた。息子は、したい、とすぐに答えたので、友人は結婚を許し、女の両親と結納を取り交した。

　この程度の話なら、友人も私に相談を持ちかける必要はない。しかし続いて友人が語ったその女に関するエピソードは、私をいささか驚かせた。

今年の正月のことであった。現在は地方勤務をしている息子が、久し振りに帰省してきた。当然三日間ぐらいは居てくれるのだろう、と友人は考えていた。親子水いらずで、のんびりしたいという父親らしい気持だった。

ところが元日に、いまでは息子の婚約者である女から、新年の挨拶かたがた迎えに行くという電話が息子にかかってきた。迎えに来るなら三日に来るようにいえ、と友人は息子に指図した。このとき友人は、息子の立場や心情を無視して、婚約したからには自分のモノだ、といわんばかりに押しかけようとしている女をうとましく思ったという。

息子が電話で、三日に来い、といったのに、女はその日にやってきた。そして、すぐにも息子を連れて自宅に帰りたい素振りをチラチラ覗かせる。女の身勝手さに腹立ちを抑えきれず、友人は息子にいった。

「おい、三日まで家にいるのだろう」

息子は女への遠慮のためか、どうしようかな、と答えた。

とたんに女が立ち上り、

「ゆっくりしていきなさいよ、あたしは帰るから」

と叫んだ。

挨拶もろくにしないで、女は友人の家を立ち去った。いまからこんな按配では、と友人は唖然とした。こんな女と息子を結婚させるわけにはいかない、と友人は強く感じたという。

2

私の友人の息子は、女の選び方にまったく無知であったから、女の鼠落としの罠に嵌まってしまった。その責任の一端は彼の父親である友人にもあって、息子に女の選び方を伝授しておけば、私に相談を持ちかける必要もなかったはずである。

さて、私が友人にどのようなアドバイスをしたか。その前に、女の選び方について書いておきたい。女の選び方を知っている人間であるなら、私と同じアドバイスをするに決まっているからだ。もし読者が、私と同じアドバイスをするようなら、女の選び方については免許皆伝ということになるのだが……。

最良の配偶者を選ぶ道程の最初の障害は、十代のはじめ（晩熟の男なら二十代のはじめ）に待ち受けている。春機発動して、女に対してロマンチックなイメージを抱くようになる。女とは、神々しくてキレイでいい匂いでスベスベした肌をして……、といった幻想の虜になってしまう。

これは、動物学的にいえば本能、宗教的にいえば造物主のおぼしめしであって、女が汚く見えては種族維持がうまくいかないからである。男が女を近づけなければ、必然的に子供は生れない。それでは、カミサマは困る。

ある一定期間、男はこういう季節を持つ。ところが、女は、十代に考えていたほど、神々しくもキレイでもない存在である。それを悟る以前に結婚してしまったら、男にとって不幸である。

恋愛のときには、精神も昂揚しているし、女の欠点がかえって長所に見えることもある。女の方も、結婚したらこれこれしてあげます、といった類のことを言葉や態度で示すから、そのころには女の「隠されたるその恐るべき実態」は、男には見えない。ところが、恋愛期間に女の口にすることは、政治家の公約に似ていて、結婚することが決定されたとたん、女は本性を露《あらわ》にする。昨日までいっていたことは、当然反故《ほご》にされる。

結婚してある期間が過ぎ、男の中から恋愛感情が消えて、はじめて男は女の恐ろしさが身に沁みてくる。そうなると、もう手遅れということになってしまう。

現在の日本は一夫一妻制であるし、一旦結婚したら、一人の女と死ぬまで暮すことに一応はなっている。性《たち》の良くない女を配偶者に選んでしまったら、妻の存在が部屋いっぱいに膨れあがり、夫は押し潰される結果になる。

離婚という方法はあるものの、現在の日本では、悪妻と離婚できる夫はむしろ幸運な部類に属するらしい。最近の離婚率はなかなか高いのだが、悪妻にかぎって、離婚して新しい人生をあらためて歩もう、という考えは頭に浮ばないようだ。

したがって、男は女の本性を知り尽した上で結婚するのが最上の策ということになる。だから、女がキレイに見える時期にはけっして結婚してはならない。というのが、女の選び方の第一段階である。

その上で、女の本性を知るにはどうしたらよいか、が第二段階となる。これは簡単といえば簡単で、いろいろの女と遊べばよい。

ただし、その遊び方はむつかしい。素人女と遊ぶのは、なるべく避けた方がよろしい。プレーガールぶっていて、あなたとはただプレーなのだから、いつでも別れてあげるわ、といわゆる現代風のことをいっているような女が、結婚してくれといい出す危険性がしばしばある。

プロフェッショナルな女、たとえば娼婦とかトルコ嬢とかはいくら遊んでもその種の危険はない。若いうちは彼女たちとおおいに遊ぶべきである。数多くの女と遊ぶうちに女の本性が見えてくるし、男としての精神が鍛えられる。四十歳過ぎてから、女の問題で醜態をさらすことからまぬがれることができる。

現在は、セミ・プロ風の素人女がかなりいるようだが、これは遊びだぞ、と十分に確認しておいて遊ぶならよい。万一彼女たちから結婚を迫られたら、約束がちがうと、断固拒否しなくてはいけない。女をムシャムシャ食べてしまって、栄養にしてしまうくらいの覚悟がなくてはいけない。

十分に、遊びを経験し、女の本性を明確に知り尽す頃になると、男は三十歳を過ぎる。そうなると、周囲が後ろ指を差すようになる。自由業の世界はべつとして、三十過ぎて独身とは、変態ではないか、などといわれはじめる。

そうなってはじめて、結婚を考えればよい。遊びの蓄積によって、自然に、自分に適う女のタイプは分っているはずだから、選ぶ基準はすでにはっきりしているはずだ。容姿、精神、性質など、自分の好みに適った女を探せばよい。

男と女の相性は主観的なもので、肥った大女が好きだったり、他人が見るとヒステリー女と思える妻とニコニコ暮している男もいる。これらは、いわば嗜好であるから、他人が口をはさむ事柄ではない。

ところが、長年一人の女とつき合うのだから、なるべく暮しやすい方がよい。そこで、嗜好の問題をはずして、必要なポイントを挙げてみる。

まず、健康な女を選べ、ということである。病気がちの女と暮すのは、男にとって心身ともに苦労が多い。ところが、いかにも頑丈そうな体格でも、弱い体質の女がいるから、注意しなくてはいけない。

細身だから弱いとはかぎらない。もっとも、どういう女が健康かは、遊んでいれば自ずと分ってくるのだが。

さらに、年齢差は十歳程度開いていた方が望ましい。三十二歳で結婚するなら、女は二十歳程度がよい。同じくらいの年で結婚すると、四十五歳のとき妻も四十五歳である。十二歳の差があれば、三十三歳である。性生活の危機は、後者の方が当然少ない。

なるべく若い妻を持つことは、男の生活の知恵、といえる。ただし、若すぎると、これはまた厄介になる場合が多い。

3

賢明な読者であれば、冒頭に書いた私の友人に、どういうアドバイスをしたか既に理解しているだろう。二十四歳という年齢はどう見ても若過ぎる、彼に、女を見る目が備わっているはずがない、と私はいった。

それはそうだが、息子の結婚の意思が堅固だからこそ結婚を許したのだ、と友人は答えた。

まんまと罠に嵌められたな、相手の女はかなりの強か者《したた》だ、と私はいった。女の二十四歳は、男の二十四歳と成熟度がまったく違う。たとえば、男の二十四歳と三十四歳は、大人と子供ほどの落差があるが、女の二十四歳と男の三十四歳はほとんど対等といえる。テキは、一枚も二枚も上である。

君の息子はその女のどこに魅《ひ》かれたのか、と私は尋ねた。

美貌とスタイルだといっている、ライバルを蹴散らしてモノにしたのだ、ともいっている、と友人は答えた。

友人の息子は、いまだに春機発動期のシッポの取れない若者といえる。女とはキレイなモノであるという幻想に、未だとり憑《つ》かれているわけである。友人の眼には、その女が美人とは一向に映らないという。

正月にそんな仕打ちをされて、君の息子はどういっているのか、と私は尋ねた。

気が強いとは思っていたが、あれほどじゃないと思った、でも、あの振舞いはお父さんが嫌味をいったせいだ、二人きりになると彼女は前と同じように優しい、といっているんだから手に負えない、と友人は答えた。

この女が、結婚したらガラリと変貌するのは目に見えている。しかも、将来の夫の親に向って大胆不敵、エチケット皆無の行動を取れるのだから、その変貌は信じられぬほど恐るべきものだろう。

破談を申し入れるんだな、これこれこういう行動をとった女と、息子は結婚させられない、と申し入れるべきだ、と私は友人にいった。

しかし、そうやって破談にした後、息子が自暴自棄になる可能性がある、と友人は頭を抱えている。そんなことで自暴自棄になるとは、全くなさけない。

そういうときのヤケな気分は、間もなく解消するのが世の常である。どうもこの親のほうにも、親バカの素質がある。

とにかく、結論が出たらまた教えてくれ、と私は友人にいい、別れた。

その友人が私のところに「結論」をいってこないところをみると、彼と彼女は結婚するのだろうか。

結婚式に出る羽目になったら、早晩二人は離婚するような事態にたち至るだろうから、子供だけは絶対につくるなと息子にいってやれ、と友人にいうつもりでいる。

決断

1

決断といえば、先日、珍しい光景に立会った。

私は、老舗《しにせ》といわれる蕎麦屋で、ソバが出来上るのを待っていた。そこへ、四人連れの男が入って来て、隣の食卓へ坐った。

いざ注文する段になって、その中の一人がものすごく迷う。尋常一様な迷い方ではない。一旦はザルソバ二枚を注文して、しばらくすると天プラソバに注文し直した。

ふつうの男なら、一度注文してからシマッタ、と思っても、諦めてしまう。諦めずに、食いたいものを決然として食う心意気は、たいした心意気ではないにしても、悪いことではない。

ところがその男は、更に二度も注文し直した。ザルソバ、天プラソバ、ザルソバ、天プラソバ、と都合四回も注文が変わり、結局天プラソバに落着いた。

　感心したのは、女店員の接客ぶりであった。老舗であるから躾《しつけ》が行き届いているせいもあるのか、二十歳そこそこの化粧っ気もない女の子が、普通の顔つきで奥へ変更の言葉を告げていた。

　私の解釈では、厭な顔をしてはいないが、内心呆れ果てていたのであろう。

　亡くなった梅崎春生さんが、食べ物について、次のようなことをいっていた。

「昼頃に、晩飯には天プラを食おうと思う。そうすると、徐々に身体が天プラを受け入れるようになっていく感じがある。ところが、天プラ屋が運悪く休業している場合があって、これは困る。天プラ屋が休みなら、隣の中華料理店へ、とはいかないからである。そうするには、身体を中華料理にしなければならないのであって、一旦天プラになったものが、そう簡単に中華料理にはならない……」

　つまり、件《くだん》の男は、蕎麦屋へ行くと決まったら、身体を天プラソバかザルソバかどちらかにして来るべきであった。結果は、男は大減点、女店員がポイントを稼いだというわけである。

　この話を若い友人にすると、

「へえ、若者の決断力の無さは、それほどヒドいのですか。そういえば、思いあたるフシがある……。ぼくらの仲間でも、進学先や就職先を占いで決めるのが、意外に多いんですよ」

若者向けの週刊誌を繰ると、必ず占いのページが目に入る。「ぼくは某年某月某日生れで、レーサーになりたいのですが……」などという質問があり、占星術師がマジメに回答していたりする。

私は今迄、占いのページは、編集部がシャレのつもりでデッチあげているのであると思い込んでいた。「A子とB子と二人ガール・フレンドがいます。どちらを恋人にしたらいいか迷っています」などというい かにもソレらしい質問があると、私は、ハハア、と思いニヤニヤしていた。

ところが、若い友人の話を聞くと、一部の人間は真剣に占いを信じているらしい。私は編集者時代に占いのページを担当していたことがあって、占いは人生の香辛料としてはバカにはできないがあまりアテになるものではないのを知っている。占星術から四柱推命まで、占いには何十種類もあり、同じ一つの質問に対する回答はすべて違う。

すくなくとも、占いを全面的に信じるのは、男としては情けない。

2

先日、星新一さんの『手紙』というショート・ショートを興味を持って読んだ。その内容が決断と関連しているところがあるので、荒筋を紹介する。

もっとも、こういう作品から人生論的な問題を引出すのは、愚劣なことであるが、その点、星さんに許してもらう。

あるときから、人生の重大な岐路に差しかかると、主人公のポケットに手紙が入っているようになった。その手紙は、灰色がかった目立たない紙に、個性のないような、それでいて、ものすごく強烈な個性を押しかくしているような筆跡で、彼の選ぶべき道を示していた。主人公は手紙の指示どおりに、大学を、就職先を、妻を選んだ。手紙のいうがまま生きてきて、現在彼は、政府の重要人物である。ところが政治家として、非常に困難な局面に追い込まれ、その打開策を彼には考えつくことができない。彼は手紙が来るのを、イライラしながら待っている。

そこへ、一人の青年が現れて、彼に拳銃を向ける。彼は青年をまったく知らないので、殺される理由を尋ねる。青年は、ポケットに手紙が入っていて彼を殺すように命令されたからだと答える。主人公はその手紙こそ、運命の神、歴史の神ではないかと考える。今ここで暗殺されるのは、歴史の筋書なのであろう……。そして、青年に射たれて意識が薄れていくなかで、シーザーがブルータスに暗殺されたときに「ブルータス、お前もか」といったのは、手紙のことをいおうとしたのかもしれない、と主人公は考えつつ死んでいく。

端倪《たんげい》すべからざる作品で、私は感心して読んだ。ショート・ショートの味を取り除いて考えると、これは、運命論といってもよいだろう。いくらジタバタしても、その人間に定められた運命からはのがれられない。

これをもうすこし決定的でなくしたものに、ジャン・ジャック・ルソーの「予定調和」の説がある（ここで断っておくが、私はこういうエライ人の考えとか言葉を紹介して、自分の説を権威づけようとしているのではない。八っつぁん熊さんの説でいいのだが、残念ながらその連中はこういうことを言っていない）。ところで、この「予定調和」は一種の運命論であるが、ただし本人が努力していることが必要である。

この二つの説をカクテルにすれば、蕎麦屋で見かけた男が、その日に天プラソバを食うことは、運命によって定められていたのだ。ただ、醜態をさらしたのは、本人の努力が足らなかった。蕎麦屋へ向う途中、本気でなにを食べるか考えなくてはいけなかった。

そうすれば、蕎麦屋の椅子に坐ると、ポケットに紙きれが入っている。その紙きれには、

「天プラソバ」

と書いてあることになる。

こうなれば、身上相談をするなどというのは、無駄なこととなる。

そこまで極端にいわなくても、身上相談の本質的なことについて、J・P・サルトルがある論文のなかで次のようにいっている。

諸君はいうかも知れない。「すくなくとも彼は助言を求めに先生を訪ねたではないか」と。しかし、もし例えばあなたが司祭のところへ助言を求めに行くとすれば、あなたはその司祭を選んだのであり、司祭がどんな助言をしようとするかを、多少ともすでに心では知っていたのである。いいかえれば、助言者を選ぶということはやはり自分自身をアンガジェすることである。その証拠には、もしあなたがキリスト教徒であれば、あなたは「司祭に相談しなさい」というであろう。しかし対独協力派の司祭があり日和見主義の司祭がありレジスタンス派の司祭がある。どれを選ぶか。もし例の青年がレジスタンス派の司祭なりまた協力派の司祭を選ぶとすれば、彼は自分の受ける助言の種類をすでに決定しているのである。こうして彼は私を訪ねて来たとき、

私のしようとする返事を知っていた。そして私はただ一つしかなすべき返答をもたなかった。「君は自由だ。選びたまえ。つまり創りたまえ」と。

この意見は正しい。

つまり、その人物は自分が権威を認めている相手に相談することによって、自分の考えについての安心感を得ようとしている。そして、文中でも書いてあるように、その相手は自分の考えとまったく違う回答をすることはない。そういう相手を意識的にあるいは半ば無意識のうちに選んで、相談しているのだから。これは、男らしい態度とはいえない。

3

したがって、身上相談の回答者になるのは、バカらしいことである。

物書きを二十年も職業にしていると、ときおり身上相談の回答者に、と依頼されるが、私はすべて断っている。

サルトルの意見は、穏健なほうだ。私には、自分の人生を大マジメで他人に相談するのは正気の沙汰とは思えない。マトモでない人間の相手をするのは、ごめんこうむりたい。

直接手紙が届く場合、身上相談の内容は論外だが、そのほかでも怪しいのが多い。ただし、このごろは世の中もすこし変わってきたので、すべての送り主を少々頭がおかしいと考えると、間違うこともあるが。

私の作品を卒業論文にするのでそのための質問がある、という場合には、会うことにしている。それ以外は、面会謝絶である。なかには、マトモなような手紙や電話があって、そのときの気分で会ってみることがある。なかなかシャープな意見を述べる相手がいる。しかし、何度か会っていると、どうも悪い結果になってしまうようだ。どんなことにも、例外はあるが。

何回か会っているうちに、相手の底が知れて（若者の底が浅いのは当り前だが、そういう意味でなく興醒めることがしばしばある）、私は興味を失ってしまう。

すると、手紙がくる。

「——さんは、最初は心を開いてくれた。しかし、だんだん社会的名士気取りの仮面をかぶってしまった。私は失望した」

などと書いてある。

バカな話で、私は興醒めてしまったので、黙りがちになっただけのことである。そして、こういう勘違いを知ると、ますます厭になってしまう。

私は亡父が小説家だったから、既成作家にコネをつけようとおもえばその便宜はあったのだが、一切そういうことをしなかった。そういう自分の若いころと思い合わせると、心易くデンワなどしてくる相手は、どうもその人間性にたいして信用できない。中には正気の人間が身上相談をしてくる場合もあって、これは回答者をからかっている場合か、先に書いたサルトルの文章のような場合である。

いずれにしろ、マジメに回答するのは、気が進まない。

そして、他人のことは結局はよく分らないという決定的理由がある。

他人に相談を持ちかけられて親身になって答えるのは、やはり女性特有の行為である。

「第三者的な、客観的な意見を……」

などと回答を求められても、「客観的」という言葉は、じつに曖昧なものである。他人にたいしての決断については、優柔不断でいることが、むしろ男らしい。

是々非々、という言葉がある。本来は、良いものは良い悪いものは悪い、と「客観的」判断を下す、という意味である。ところが、他人の態度の良い悪いをはっきり判断しないでいると、

「是々非々でなくてはいかん」

と、怒る男がいる。

しかし、他人の置かれている状態を十分に理解することは、できることではない。微妙な事情が絡んでいることがしばしばある。それに繰返すが、他人にたいして「客観的」になることが果してできるものかどうか。

「傍目《おかめ》八目《はちもく》」という言葉があって、自分のことは分らないが、他人のことはよく分る、という意味である。しかし、それはシロウトの縁台将棋の場合などのことで、人間は鍛錬さえすれば、自分のことにたいしては「客観的」に近づくことができる。

他人のことについては一切口を出さないのは男性的と認めてよい。また、他人の振舞いの善悪についてはむしろ優柔不断であることは一見女性的のようだが、じつは男性的なことなのだ。

その替り、自分自身のことについては、一切の責任をもって決断しなくてはいけない。その仕方も、優柔不断ではいけない。

天プラソバか、ザルソバかは、即決しなくてはいけない。

運命論を私は否定はしない。じつは結局はそうなのかもしれないともおもっている。私のいっているのは、決断の瞬間についての身の処し方である。

その結果が、丁と出ようと半と出ようと、これはもうアキラメなくてはいけない。

そして、そのアキラメ方も、自分の責任として潔くなくてはいけない。

青春の本質にあるもの

先日、必要があって芥川龍之介全集を調べていたとき、次のような箇所が目にとまった。「芥川龍之介との一時間」と題する氏と雑誌記者との一問一答録である。

記者　私に取って、人間の中で一番醜悪なのは青年時代ですな。
芥川　僕は其点では君と違ふですね。僕は一番醜悪なのは青年より非常に年を老《と》って、眼も見えず耳も聞えなくなって、ヨボヨボして唯皺《しわ》だらけな皮袋のやうになってゐる――最老年かな、あの最老年がイヤですね。適当な年齢で死にたいですね。
記者　それも一つの観方と思ふのですが、私は極度の老年に対する反感よりも、男の二十二、三と云ふ、徴兵検査から、其以後位は、始終顔に脂が浮いて、ニキビなんか吹き出しているやうな時代が、未完成で、ただ生ま生ましいばかりで、人間的にもちっとも面白味がない。容貌としても、ああ云ふ脂のテラテラした時の容貌と云ふもの

は、どんなに手入れしても美的に感ぜられない。（後略）
芥川　それはちょっと面白い考へか知れませんナ。何故かと云ふと男は三十にして立つと孔子が云ったやうに、三十に一人前になるですね。さうすると二十前後が醜いと云ふのは、丁度過渡時代だから醜いのでせう。

その後で芥川氏は付け加えて、但し自分はそれほど青年に不愉快を感じた事はない、と言っている。

この対談記事は大正十四年の新潮「二月号」に出たものだ。尚《なお》、この記者というのは作家でもあった中村武羅夫氏と推測される。私がなぜこういう昔の記事を引用したかというには、理由がある。

先年、ある大学で講演会のようなものがあって、話の中で私は「青春の本質の中にある陰湿さ」というものについて語った。つまり、私はこういうことを言ったのである。青春という時期は、胸のふくらむような、明るい充実した時期であると同時に、不安定な、べたべた心にからまりついてくるような、陰湿な時期だ、と。

すると、こういう質問をした学生があった。自分たちの青春は、水道の栓《せん》をひねったとき水が蛇口からジャーッと出る。そのような横溢《おういつ》した気分である。不安定なべたべたした気分とはかけ離れた何か酔うような気分、それが本当の青春だとおもう。そして、私が陰湿だというのは、戦時中の青春だったからではないか、という質問である。

私は、戦時中という条件が私の春青をより一層陰湿にしたということは認めるが、その条件を考えなくても、青春というものの本質自体に陰湿な部分があるのだ、と答えた。

それらのことについて、考えてみたいとおもう。

先に引用した平和な時代の対談の中でも、中村武羅夫氏は青春という時期の陰湿さを大そう強調している。一方、私に質問した学生は、その時期の明るさを大そう強調している。そして、その強調の仕方がいずれも一オクターヴ高い感じがする。

この一オクターヴ高いという感じが、いつも青春というものにつきまとう。そして、陰湿さも明るさも、いずれも楯《たて》の両面のような気が私にはする。

この原因は、芥川氏も言っているように、青春というものが過渡期に在るというところに求められるようにおもう。

この過渡期という言葉を別の言い方でいえば、「生殖腺の機能が開始されて、内分泌の工合が活発になると同時にアンバランスになり、やがてそのバランスが整うまでの時期」それがすなわち青春ということになる。そして、それに伴って気分が昂揚すると同時に、不安定に動揺しがちになる時期である。

その時期は、従って極度に精神的あるいは逆に肉体的になり易い。これは不安定に動揺している自分に耐えられず、むりやり一定の方向を与えたいとおもう気持（そのことに自分自身ははっきり気がついていない場合が多いが）のあらわれであろう。

戦前派の青春には、極度に肉体的になる形は少なかった。極度に精神的になり、「永遠の女性」にあこがれてプラトニック・ラヴを礼讃するという形が多かった。これは当時の社会には、青春にある人間が極度に肉体的になることにたいして、いろいろの障害があったということも多大に影響している。そして、青春期の人間が極度に肉体的な方向へ一オクターヴ高くなるための障害が、今の時代にはなくなりすぎる程少くなっている。従って、現象として、極度に肉体的になる傾向が目立つのだが、青春の本質というものはべつに変ってはいないとおもう。

ものごとの真中に身を置いていると、その事柄がよく見えるようでいて、かえって大きな見落しをすることが多い。

青春期には陰湿な部分がある、と私はもう一度くり返して言う。

それでは、「青春における生き方」として、その陰湿な部分を取り除くことが考えられるのではないか。取り除くことによって、青春の明るさ輝かしさを曇りないものにしようという考え方である。

しかし、その陰湿さは青春の属性であって、取り除け得るものではない。むしろ、その陰湿さを正面からよくよく眺めてみることが、それを克服する道に通じている。その陰湿さに気づかずに過ぎてしまうことは、精神の怠慢であり、無神経の証拠である。当今流行のドライという言葉で褒《ほ》める事がらではない。

前にも述べたように、その時期にある人間に、心と体とうまくバランスのとれた愛し方を求めることは、内分泌の具合からいっても精神の練《ね》れ工合からいっても無理なことだ。したがって、極度の精神主義に走ってプラトニック・ラヴに固執するか、その反対に、セックス一本槍で突進したりしがちなものだ。

そうなると、青春期の恋愛は、どういう在り方にせよ、中途半端な片輪なものになってしまう、ということになりそうだ。したがって、それに費される大きなエネルギーを他の事柄にふり向けた方が得策である、という言い方も出てくることになる。事実、文学の古典の大作を読む機会などは、この時期において見つけ出しておかぬと、以後の忙しい人生において読み損ってしまう傾向が大である。

しかし、そういうことを言っても、青春期においていったん燃え上った情熱は、それがどういう方向に向ってのものにせよ、押しとどめたり他の方角へ振り向けたりすることは不可能といってよい。そのことがまた、一つにはその時期の特性である。

さて、結論として、現代の青春は私のときと比べて、よほど明るいというのが定説らしい。しかし、私のようにものごころついてから戦争を日常生活として育ってきたものにとっては、それが本当に明るいのか、どうもはっきり納得できない。あした目が覚めたら戦争が始まっているのじゃないか、そういう不安がいつも気持から抜けない。あるいは、食物が豊富で街に品物が溢《あふ》れていても、それは飾窓の中だけの品物で、多くの人の生活を明るくしていることとは無関係なのではないか。

明るさと一概に言い切れぬものが、いろいろあるとおもう。

しかし、私たちの時代と比べて、今の青春が確実に恵まれているとおもわれることは、国家の制約がある程度はずれて、自分の思うことがそのまま実行できる時期がきていることだ。私たちの場合は、青春期の青年のタイプとして、三、四種類のあらわれ方しかなかった。今の青春のタイプは、すこぶる多種多様のあらわれ方ができ得るのである。「青春期における生き方」というのは、結局自分の情熱のほとばしる方向に向って進む以外にない、という平凡な結論に達したようだ。

そして、自分の在り方にかなり批判的な眼を向け得る人でも、結局は情熱の引っぱってゆく方向に引ずられてゆく。そのギャップが大きいほど、青春期の屈辱もまた大きい、といってしまえば語弊《ごへい》があるが、「恋愛とは美しき誤解である」というエピグラムのもつ要素を、青春というものも多量にもっていることはたしかのようである。

プラトニック・ラブ再考

「プラトニック・ラブ」について、むかし書いたことがある。太古、人間は頭が二つ手が四本脚が四本ある存在だったが、神がこれを二つに割って男と女に分離した。そこで、もと一体だった相手つまり自分の分身を、男女それぞれ探し求め合う。これが恋愛というものであって、分身同士が呼び合うだけの精神的なものでそこには肉欲は入らない、というプラトンの説である。そんな説明を書いた。

これに長い投書がきて、要するに私の事実誤認を指摘しているらしいが、長いだけで論旨曖昧《あいまい》、不明晰《めいせき》で、頭に入らなかった。プラトンの言ったことを、アリストテレスが精しく紹介したものである、というものだったか、ソクラテスの説をプラトンが紹介したものである（この二つはずいぶん違うが）とか、書いてあったが、忘れた。

いま、字引をひくと、「プラトン的な精神的な愛」としか出ていない。小百科事典でこれだけしか出ていないんだから、今はハヤラない、ということか。意地になって、

『世界文学小辞典』のプラトンの項（ついでに、アリストテレスとソクラテスも）を当ってみたが、プラトニックという文字を発見するかわりに、男女一体説についての面白い記述があった。冒頭に私の書いたことは、プラトンの『饗宴《きょうえん》』を読んだときのうろ覚えで、肝心なところが脱落していた。

シンポジュウムの語源である「饗宴《シュムポシオン》」についての記述（斎藤忍随氏）を、そのまま書き写してみる。

「饗宴　あらゆる文体に通じていたプラトーンはパロディの天才でもあった。この作品は、悲劇詩人アガトーンの第一位入賞を祝う酒席で五人の仲間たちが愛の神エロースを賛美する即興演説を試みる仕掛けになっており、肉体的愛から始まり最後は真打《しんうち》格のソークラテースが美のイデアの愛を謳うが、プラトーンはこの五人の特徴を生かした文体の使い分けを演じている。

なかでも特におもしろいのは喜劇詩人アリストパネースの演説である（吉行註、つまりアリストファネスのパロディを、プラトンが書いたわけである）。大昔、人間の性は三種類で、男と女のほかに「男女《おとこおんな》」という両性を兼ねた形のものもあった。三種の人間は今と違っていずれも背中合わせに顔が二つ、耳が四つ、手足計八本、セックスの印が二つというしくみでできていて、全体は球状をしていた。彼らがあまり強すぎるため弱体化をはかった神は、人類の祖先たちであるこの三つの性を真二つに切り、今の形の人間にした。そこでこの断ち割られた不完全な連中はその片割れにあこがれ、もとの完全な一体になろうとする。男であった者や女であった者はそれぞれ男、女の片割れを求める。それが同性愛で、もと「男女」であった者は、あるいは女を、あるいは男を求める。これが現在、普通に行なわれている男女の恋愛である、という。男女両性が一体化して完全なもの、つまり、もとの形にもどろうとする欲求をつかさどるのが愛の神なのである」

こう引き写してみると、私の怪しげな記憶の間違いに唖然《あぜん》とした。

プラトンが同性愛者だった、というのも近年の知識だが、この作品のこの意見は「同性愛こそ愛の本道で、男女の恋愛は邪道である」という主張と解釈するのが正しいようだ。「もとの形にもどろうとする欲求をつかさどるのが愛の神である」と、もっともらしい言い方をしているが、その「もとの形」というのは「男女《おとこおんな》」という真性半陰陽みたいなへんなものではないか。

アリストファネスに「女の平和」という戦争反対の劇作があるのは有名である。これは、女がセックス閉鎖のストライキをおこない、そのため男が戦意を失って平和になった、という、つまり男女間のセックスに大きな重みを与えたものである。そのパロディとして、プラトンがホモセクシュアルの主張をしたと考えられる。

ここで、ようやく私の長い間の誤解がとけたわけだが、「プラトニック＝精神的」などという記述がそもそも間違っていることになる。

ところで、プラトンにしろアリストファネスにしろソクラテスにしろ、ギリシャ時代（紀元前三、四百年、いまから二千年以上）の人たちである。そして、この時代の第一級の知識人たちの恋愛についての見解をプラトンがパロディで書くと、たちまち五種類の対立する複雑微妙な内容ができあがった、ということになる。

このごろ、「現代においてはたして恋愛は可能か」などという議論を耳にするが、ま、そういう考え方をしてみるのもよいが、男女の道というのには二千年の昔から、あまり変化はなく、つねにいろいろの説が存在し、つねに複雑多岐であり、なかにはプラトンのように同性愛の正当化を主張するものも二千年の昔にすでに存在していたのである。

こういうことが言いたくて、私としては不得手のギリシャ時代の事柄など持ってきてみた。それにしても、よい勉強をさせてもらった。プラトン説では、恋愛というのは元「男女《おとこおんな》」なるものがそれぞれの分身を呼び合う、という薄気味悪いものになっているとは、一向に知らなかった。

第三章　紳士

紳士契約について

「紳士契約」という言葉がある。

お互に信用し合って、証文などを取りかわさずに契約を結ぶことを言うわけで、一見奥ゆかしいやり方のようにおもえる。

ところが、現実には「紳士契約」の「紳士」には、「世間知らずの」「間の抜けた」といったニュアンスが含まれてしまうことがしばしばである。

現に私は、紳士契約をしたばっかりに、苦い汁を飲まされているところである。その内容を書くのは差し控えるが、紳士契約をした相手が死んでしまったために、厄介なことが起った。当の相手は紳士であっても、その周囲の人は紳士であるとは限らない。

その問題を相談に行った弁護士が私に訓戒を与えた。

「これからは、紳士契約などはなさらぬことですな。そればかりでなく、金は貸さぬこと、証文には印を捺《お》さぬこと。相手が親しければ親しいほど、そのことをしないのが、すなわち紳士としてのタシナミです。なぜならば、そういうことをすれば、親しさが破れることがしばしばですからね」

その言葉は、たしかにその通りであろう。しかし、いつも、絶対、その言葉どおりに振舞ったとしたら、躓くことはないにしても、人生が味もソッケもなくなってしまいそうな気がする。

ただし、この訓戒にそむいて行動する場合は、自分が「世間知らずの」「間の抜けた」役割を引き受けるかもしれぬことを、あらかじめ、覚悟することが必要である。けっして躓くことがない人間よりも、時に間抜けな役割を引受けた方が、人間味があり、すなわち「紳士」に近付くというものだ。

しかし、間抜けな役割を引受けることを覚悟していても、じつに厭な後味の残る場合がある。自分が間抜けになるのはよいとしても、相手の神経の在り具合が我慢できぬことがあるからだ。

その例を一つ挙げてみよう。

ある日、エンピツ書きの、長い長い手紙がきた。女名前の差出人には心当りがなかったが、中身を読んでいるうちに思い出した。数年前、原稿持参で訪れてきた女性である。文学少女のくさ味も無かったが、外見内容ともに平凡な女性であった。もちろん、原稿には見るべきところは無かった。

ところで、その長い手紙の内容であるが、結婚した後の窮状がこまごまと書いてある。現在は、田舎の山の中のお寺に夫と一しょに厄介になっている。死のうとおもってここまで来たが死にきれず、もう一度、都会へ戻って再起を図りたい。ついては、そのための二人分の旅費を貸していただきたい、というのである。

私はその金を送る気になった。というのは、以前会ったときの彼女からケナゲな感じを受けたことを思い出したし、生死の問題ということになれば（たとえそれは手紙の上のことだけだとしても）、捨てては置けぬとおもったからだ。

私は宛名のところに、旅費よりは多い金を送った。貸すつもりではなく、もちろん施《ほどこ》すつもりではなく、「捨てる」という気持が近いだろう。捨てたつもりで、もしもそれが役立てば、といったところである。

そこまでは無難だったが、一つの失策を私はした。丁度、郵便遅配の折だったので、彼女たちが、「いまかいまか」と待った気持をなだめる意味で、電報を打った。

「カネオクッタ」

というだけの文面で、激励の言葉は一切、付け加えなかった。「郵便は遅れているが、金は送ってあるから、そのうちに着く」という意味の電報のつもりだった。

おそらく、この電報を打ったということが、いけなかったのだろう。彼女たちに私が大々的の好意と、それに彼女たちの立場にたいしてパセティックな気持をもったとでも誤解したようだ。ほとんど折り返しに、電報が届いた。

「マダツカヌ　ユキフカシ　ゴジヨリヨクヲコウ」

という文面で、私はカッと腹が立った。あらかじめの覚悟も、一瞬の間に飛んでしまって、カッと腹が立った。

遅れることがあっても黙って待て、というための電報にたいして、「マダツカヌ」とは何事であるか。それに、「ユキフカシ」とは何事であるか。

彼女たちが、死にに行ったというのは嘘で、単に死のムードとたわむれに行っただけのことだ、とおもった。彼女たちのムード旅行に、私は一役買わされたわけだ、とおもった。

私が、そのまま放っておいたことは言うまでもない。その女性からは、金の着いたという報らせさえ来なかったが、やがてまた長い手紙が来た。夫が病気であるから医師を紹介せよ、とあった。

念のために付記しておくが、その女性と私とは、個人的な関係は皆無なのである。

しかし、落着いてよく考えてみると、私が腹を立てたのは、「紳士」としての覚悟において不十分のところがあるためだと反省した。私は、やはり無意識のうちに、彼女たちの感謝を期待していたようだ。それが、いけない。

「他人に親切にしようとおもうときは、それが二倍の大きさになって手痛くハネ返ってくる覚悟が必要」

なのである。その覚悟において欠けるところがあったらしい。

こうなると「紳士」たることは、なかなか辛いことだ。

「金は貸すべからず、証文には印を捺すべからず」

断乎としてその態度を取った方が、後の憂いがない。どうも、その方がよさそうだ、などとおもっているところに、友人のZ君がやって来た。

金を借りて家を建てるから、保証人になってくれ。この証文に印を捺してくれ、というのである。

はて、どうしたものか。

Z君は、「紳士」である。となれば、やはりZ君が紳士であることを信頼するより仕方があるまい。

「そうか。じつは、ぼくの祖母さんが、底抜けのおひとよしでね」

と、私はZ君に話しはじめた。

「そのため、親戚にダマされて、手形の裏にハンコを捺してねえ。そのために、息子たちに大借金がかぶさってきてねえ。そのために、そのばあさんが死んでから十何年も、息子たちがその借金を払いつづけてねえ。まったく、こういうものにハンコを捺すというのは、厭なことなんだがねえ」

と、私は苦情たらたらで、Z君の持ってきた証文を手もとに引きよせ、威勢よくポンと実印を捺したのである。

「紳士」たることも、また辛い哉。

そういう覚悟と屈折の末の契約にもかかわらず、昨日も、前記の「紳士契約」の末のもめごとの折衝のとき、相手方の代弁人がこう言うのである。

「あなたも、まだまだ苦労が足りませんな。だいたい、紳士契約なんどというものは、世間知らずのやることですよ」

金の使い方に関する発想法

俚諺《りげん》に、「恒産なければ恒心なし」というのがある。これを言い替えれば、金が無いと紳士としての姿勢を守り切れぬことがある、ともいえるだろう。

過日、私が銀座のあるキャバレーにゆき、トイレットで尿器と対い合って立っていると、背後から声をかけた男がいる。

「ちょっと、おにいさん」

これは強請《ゆす》られるのかな、とおもったが、身構えるわけにもまいらぬ状況である。そのまま、首だけねじ曲げると、

「ちょっとうかがいたいんですが」

「なんですか」

「この店の勘定は高いですか」

「さあ、ぼくはよく分らないが」

「そんなこと言わないで、教えてくださいよ、ねえ」

「いったい、どうしたんです」

「通りがかりにふらりと入ったんですが、入ってみたら、なんだかタカそうなんで心配になってるんですよ」

「いま、いくら持ってますか」

「五千円くらいです」

「あなた一人ですか」

「そうですよ。さっき、テーブルに座ったばかりです」

「それなら、足りる筈ですよ。もうそれ以上何も註文しないことですな」

すると、その男は嘆息とも歓声ともつかぬ声をあげて、

「たすかったあ」

と言いながら、私の背中から抱き付いてきた。私はようやく、尿器から離れて、その男と対い合うと、彼は安堵の表情を満面に浮べて、

「ありがとう、これで安心しました」

と、私に握手を求めてきた。私は手を洗わずに、そのまま彼の手を握ったのであるが、彼の心境が痛切に理解できて、苦しみから解放された彼に素直に共感できた。

彼は「恒心」を取り戻して、席に戻ったことだろう。もっとも、トイレットにおける彼の取り乱し方は、なかなかよろしい。「恒心」は無いにしても、人間的で紳士としての資格がある。なまじ、金が有り余って取り乱している人間よりも、はるかに立派である。

つまり、この俚諺は、「恒産あれば恒心あり」とは言い替えられないので、そこのところに金と人間の微妙で厄介な関係があるわけだ。

私はどちらかというと浪費家で、金の使い方に才能のある方ではない。仕事の性質上、収入の増減の差が甚しいが、いつも全部金を使い切って、わずかに借金の残る状態がつづいている。

といって、金に無頓着なわけでは、けっして無い。もしも無頓着ならば、いつもわずかに赤字という芸当はできるものではない。だが、繰返して言うが、金の使い方を他人に説く資格のある方ではない。しかし、私自身の金の使い方に、あるいは共感される読者もあるかもしれないので、それを左に書く。

まず、百円札を一枚テーブルの上に置いて、しみじみと眺める。すると、そのときの収入状態によって、その百円札がいろいろな具合に眼に映ってくるのである。

一枚の百円札が、ウドンカケ四杯に見えることもあり、一皿のライスカレーに見えることもある。あるいは、酒の肴の小量のモズクに見えることもあり、さらにはナイトクラブのボーイのチップに見えることもある。

さて、その百円札の眼に映り方にしたがって、金の使い具合を決める。見える以上にも、見える以下にも使わないのがコツである。

百円札一枚が、一皿のライスカレーにみえる状況のとき、うっかりキャバレーになど飛び込むと、前記のトイレットの男のような憂き目に遭う。彼の苦しみは、持っている金がたまたま勘定に間に合いそうもない、というところから発しているのではない。場違いなところに入りこんでしまったため、ポケットの中の紙幣が強姦される苦しみなのである。

他人のことは言えない。私にも、そういう経験がある。事情があって、一人で数日間ホテルに泊ることになった。百円札が一皿のライスカレーにみえる状況の頃の話だ。

そこで、苦しみがはじまった。

ホテルでは、ルームサービスの品物は二割サービス料が加算される。たとえば、食堂で飲めば八十円のコーヒーが、部屋で飲めば九十六円になるわけだ。そのことが気になりながら、外に出るのがイヤなので、部屋に食事を取寄せる。メイドが、盆に品物を載せて部屋に入ってくる度に、カチャリとタクシーのメーターが上るような感じに、二割勘定が高くなるのである。

それが度重なると、しだいに被害妄想的心持になってくる。いよいよ、ホテルを出るときになって、メイドに勘定をしてくれと言った。

「勘定書を持ってきてください」

「あのう、お部屋にお持ちしてよろしいのですか」

「持ってきてください」

勘定書を待っている間に、不意に不安な気持が忍び込んできた。

「お部屋にお持ちしてよろしいのですか」

と、問い返したメイドの言葉と表情が意味ありげに思い出されてきた。部屋に運んでくるものには、常に二割の金額が加算される、という事実と一しょに、その言葉や表情が思い出されてくるのである。

やがてドアのノックの音がして彼女が銀色の盆の上に、勘定書の紙片を載せて現れた。その瞬間、その勘定が二割加算されているような気持に陥った。

もちろん、勘定書にルームサービスが付く道理はない。そして、そういう錯覚には、百円札一枚でメイドのチップにみえる状況では、けっして陥ることはない。

ことのついでだが、わが国のホテルには、しばしば非紳士的人物が勤務している。たしか、犬養道子さんが書かれていたことだったとおもうが、それを紹介させてもらう。

ホテルに長逗留して、食事にあきてきた。部屋の電話で、自分の希望を言った。メニュー外の、なにか特別な料理はできないか、と訊ねた。そんなものはできません、という、ケンもホロロの答が戻ってきた。

一計を案じて、もう一度電話をかけて、英語で同じことを言ってみた。たちまち、「イエス、マダム」「シュアー、マダム」とか、愛想の良い返事が戻ってきて、特別料理が食べられることになった。という話である。

こういう植民地的人物は困りもので、紳士として憤慨しないわけにはいかない。ある友人が、赤坂界隈のナイトクラブのホステスを口説いてみたところ、「O・K。でも、あたしたちは、銀座の女のように安くはないわよ」という返事が戻ってきたという。これも困った発想法だが、ちょっと憎めないところもある。

どうも私は、非紳士よりは、非淑女の方に点数が甘いらしい。

男のおしゃれについて

I

むかし菊池寛が、雑誌をつくるには、時代より半歩先に進んでいることが必要だ、といった。一歩先にすすんでしまうと、売れなくなってしまう。これは、名言である。ところで、私は人目に立たないことを、自分流のオシャレのポイントと考えているので、時代より半歩遅れることにしている。

ズボンがどんどん細くなりはじめてからも、私はいつまでも太いままにしておいた。細いズボンは、ニューヨークあたりでは、男色家のユニホームだと聞いていた。しかし、私のズボンもこのごろでは、前より細くなっている。

先年、外国旅行をしていたとき、モナコのカジノを歩いていると、むこうから矢鱈に幅の広いズボンをヒラヒラなびかせて歩いてくる格好のわるい東洋人がいる。

へんなやつがきたな、とおもったら、壁一面が鏡になっていて、その鏡にうつる自分の姿であった。以後、私のズボンは細くなったわけだ。

ズボンの折り返しも、去年あたりから取り去ることにした。ズボンの折り返しから、パチンコの玉がころりと出たりするのは、趣のあるものなのだが。

上衣の背を二つに割っているのもスポーティーのものならともかく、当り前のセビロでは理屈に合わぬようにおもえる。

しかし、これも今度からサイド・ベンツにした。時代より半歩遅れているつもりが、一歩遅れてしまうと、かえって目立つからである。

Ⅱ

目立つ格好をするのをオシャレと考えている人と目立たぬ格好をするのをオシャレと考えている人と、二通りある。その人間の性格によって分かれてくるわけで、いずれも一理あるわけだが、オシャレというからにはいくら目立たぬ格好をしていても、やはり他人の目を意識しているところがある。目立たぬ格好をしているそのよさを、わかる人はわかってくれ、というスケベエ心がある。

私もその部類にはいるわけだが、こういう手合いのほうが、心の動きが厄介で、食えぬやつが多いと知っていたほうがいい。

ハデな服装をして颯爽《さっそう》と歩いている手合いにも、もちろん食えぬやつはいるが、概してこのほうが単純明快で、好人物が多い。まして、十本の指にぜんぶ指輪をはめている女性などは、涙の出るほどの善人である。

私は、セビロを何着か持っているが、いったん気にいるとそのセビロばかり着ている。色や柄は地味なものだが、たとえば一見灰色にみえるが、近づいてよく見ると、水色やダイダイ色の糸もまじっている、というような布地が好きだ。

このところ黒地に白い小さな点のあるセビロが気にいって、いつも着ている。長年そのセビロばかり着ているように思う人もいるかもしれないが、じつは今のセビロは二代目で、まったく同じ柄の生地を捜して仕立てたわけだ。

こういうことを書くのも、その凝《こ》り方を認めてもらいたいというスケベエ心の現れである。

Ⅲ

まったく他人を意識しない衣裳というものがある。先日、ある女性に質問されて、

「あなたはおしゃれのほうですか」

「ぼくは下着に凝るたちでしてね、いまも、虎の皮のパンツをはいていています」と答えた。しかし、これなども、やはり他人を意識していないとはいえまい。

いつか鴨居羊子さんに会ったとき、鴨居さんがおもしろいアイデアを話してくれた。着る人に、ある心理状態を人工的につくり出す下着の話である。

たとえば、パンティーの裏側に一面、チクチクするような材料を縫いつければ、ひどくエロチックな気分になるようにおもう。あるいは、ガーターの右と左との締めぐあいを違えることによって、アンバランスな気分が起せないともかぎらない。

いままでの案は、触覚にたよっているわけだが、視覚にうったえることもできそうだ。毒々しい赤紫色のパンティーか、へのへのもへじを描いたパンツなど、たとえば穿いているときには目に見えないにしても、そういうものを穿いているとおもうことで、心象風景に変化をつけることができる。鴨居さんは、その案を商品化するといっていたが、その後実現しているだろうか。

Ⅳ

下着に凝るのは、江戸っ子の特徴といわれるが、当時の江戸っ子には金がないのが多かったので下着にしか凝れなかった、という説もある。

いずれにせよ、下着は清潔なものを身につけたほうがいい。ニューモードの洋服をぬぐと、薄よごれた下着が濃い化粧の顔の下にある、ということになると、その女の内容がたちまち分ってしまう気持になるものだ。

きょうは他人の前では洋服はぬがないから、などとおもっていても、いつ交通事故で病院へ運びこまれ、きたない下着をさらす羽目にならぬともかぎらない。一寸先は闇なのである。

下着といえば、このごろの若いものは、われわれがパンツをはいていると、時代おくれと見なす傾向がある。しかし、私はだんぜんパンツである。皮膚に密着する部分がすくなくて、わが国のような湿潤国むきではある。

先年、アメリカとヨーロッパを旅したときには、ブリーフをはいてみた。さらさらした肌ざわりが気持よくてこれからはぜったいブリーフだとおもっていたが、帰国するとこれが具合よくない。やはり、あれは湿度のすくない、乾燥した土地に生れた下着だとおもう。郷に入っては郷に従え、というもので、ほんとうは、わが国に一番適している男性用下ばきは、サラシの越中フンドシのようにおもえるのだが、これはやはり遠慮しておく。フンドシを避けるのが、私の下着のオシャレである。

V

私は以前はほとんどネクタイをしなかったが、このごろは会合のときにはネクタイを締めるようになった。

お祝いの会などでは、ネクタイをしないと主賓に失礼なような気分になる。これは一つには、世の中が落ち着いてきたためだろうし、もう一つは、私が年をとってきたためだろう。

そのネクタイだが、自分で選ぶと、とかく黒っぽい地味なものばかりになる。一度こころみに、ネクタイ屋の店員に選んでもらったことがあったが、これが成功した。自分ではとうてい手の出ないガラなのだが、締めてみると、背広に合う。以来、その手を何度か使っているうち、失敗した。

すすめてくれたネクタイが、赤い縞で、その赤が底の深いよい色である。少々酔っていたこともあって、さっそくそれを締めてバーにはいっていくと、とたんに、「あらステキなネクタイ」といわれた。

これはいけない、とあわてて今までのものに締め直した。酒場の女性の見えすいたお世辞なので、すぐにネクタイが目にはいるようでは、失敗は明らかである。締め直すと、「やっぱりそのほうがいいわ」とぬかしやがった。

失敗したネクタイは、別のものに取り替えてもらった。私はネクタイは高価なものを買うことにしている。なるべく、日本で一本だけというネクタイがよい。やはり、同じネクタイをしている人物に会うと、よい気持はしない。その点、ノーネクタイは便利である。

Ⅵ

先日、芳村真理さんが、他人の目を意識しないおしゃれについて書いていたので、そのことに触れてみよう。無人島にひとりでいても、女はおしゃれする、と彼女はいうが、この場合にも観客はいるのである。その女の中にいるもうひとりの女が観客なので、しかもすこぶる都合のよい観客なので、彼女が化粧すればステキ、ステキと手を叩いてくれる。

女性で自分のことを不美人とおもっている人物は、めったにいるものではない。スゴイ美人とはおもわぬまでも「まあまあワリにいいほうだわ」と自分の中の観客が言ってくれるので、だれも見ていなくても化粧のやり甲斐がある。

男の中にいる観客はこれと違い、すこぶる客観的な目をもっているから、無人島でオシャレなどしない。それに、男の勝負どころは外観ではないとおもっているから、ますますオシャレはしなくなる。もしも、女のように長い間鏡に向い合わなくてはならないとしたら、筑波山のガマのように、たらたらとあぶら汗を流すことになる。

池のかたわらで水仙になったナルシスが男性であるのは解せない話だが、おそらく彼はかけ値なしの美男子であったと同時に、そんなにいつまでも水の面をながめているような女性的なやつだったにちがいない。男色の気があったのかもしれない。

もう一つ肝心なことは、女は顔面にも性感帯があるので、あんなに顔を撫でまわすという説がある。これは本当だろうか。

紳士はロクロ首たるべし

「紳士とは何ぞや」

というところから、まず話をはじめる必要がある。なぜなら、「紳士」という言葉は、日常生活の立居振舞において、私の脳裏に浮ぶことは全くない。

「こういうことをしては、紳士の体面に反する」

という発想法は、私には無縁である。これは、私ばかりでなく、大部分の日本人においても同様であろうとおもう。それはムリもないことで、わが国においては、「紳士」という言葉に伝統がない。イギリスのことはよく知らないが、なんでもその国では「紳士」という言葉に伝統と重みがあって、立居振舞の規範となっている模様である。

しかし、そういうイギリス流の紳士としての条件をわが国に輸入してみたところで、意味のないことだ。

立居振舞において、「紳士」という言葉が私の脳裏に浮ぶことはないが、その替りに浮ぶものはある。それは、「人間」とか「男子」とかいう言葉である。つまり、「こういうことをしては、人間として面目ない」とか、「男子として面目ない」とかいう発想である。

そして、この「面目ない」ことを犯した場合は、長くそのことが傷となって私の心に残る。長い時日が経って、全く心の表面から消え失せたようになっていても、なにかのキッカケでなまなましく記憶がよみがえり、傷が痛むことがしばしば起る。そんなときには、

「あ、あああ」

と、私の喉《のど》の奥でわれ知らず、声に似た音が鳴るのである。

この経験のある人は、沢山いることだろう。傷が痛みはじめるときの反応は、各人各様で、たとえば作家の牧野信一は、その状況を、

「きゃっと叫んでロクロ首になる」

と、表現し、たしか広津和郎氏だったとおもうが、

「バカバカバカ、と小声で自分を罵《ののし》る」

ということになる。

さて、ここで重要なのは、思い出して「きゃっと叫んでロクロ首になる」事柄の内容は、決して大きな問題ではない、ということだ。ごく些細《ささい》な、立居振舞のはしばしについての記憶が、そういう状況を引起すことだ。鈍感な人間なら、感じないでやり過してしまう事柄なのである。

「紳士」という言葉は、わが国ではきわめてあいまいな言葉である。「青年紳士」といわれて、無条件に喜ぶ男はいないだろうとおもわれるように、その言葉にはいつも反語的なあるいは揶揄《やゆ》するニュアンスが影を落しているようだ。

わが国のコール・ガールたちの間で、「理解ある紳士」といえば、ホンヤクすれば「鼻の下の長い中年男」ということになり、彼女たちの絶好のカモを指して呼ぶ言葉になる、という話を、先日聞いた。

そういう具合であるから、私は思い切ってまず「紳士」という言葉の内容を勝手に定めておこうとおもう。そして、以後、「紳士」なる言葉を、「人間らしい人間」として使うことにする。

そして、紳士としての最低で最大の条件を書くと、それは、

「きゃっと叫んでロクロ首になることのない人間は、紳士ではない」

ということである。

この条件を、もう少し拡げて考えると、他人の些細な立居振舞から、「人間らしくない人間」を感じ取った場合、そのことから、目を背けたいほどのショックを受け、長く記憶の底にとどまることである。またその逆に、他人の立居振舞から、「人間らしい人間」を感じた場合にも、長く記憶の底にとどまることになる。

ところで、私は「紳士」であり「人間らしい人間」であるという自信をもっているわけではない。したがって、「紳士とはかくあるべし」という物の言い方はできない。しかし、「きゃっと叫んでロクロ首」になることにおいては、人後におちないつもりである。

であるから、どのような些細なことが鋭く私の心に喰いこんでいるか、ということを調べ、それを批判することによって、紳士への道を考えたい、とおもう。

たとえば、こういう話は私の記憶に深く跡を残す。

敗戦間もなく、まだ食糧難の時代のことである。A君は、ジャムパンの一個入った紙袋をもって、遊廓へ行った。初対面の女の部屋に上り、そのジャムパンを女に与えた。

このときのＡ君の気持には、女の歓心を買うという露骨な気持はないにしても、そのことによって女が喜び、サービスが良くなるだろう、という期待は潜んでいた。

女は枕もとに、そのパンの袋を置いて、横になった。Ａ君が行為に入ってまもなく、女は枕もとに手をのばし、紙袋からジャムパンを引出して、齧《かじ》りはじめた。

仰向けになったまま、ゆっくりとそのパンを食べはじめたのである。Ａ君はショックを受け、興奮が醒めて、なかなか絶頂に達しない。すると、女はパンを咀嚼《そしやく》しながら、こう言った、という。

「はやくしてよう、ゴムでできてるんじゃないのだからね」

この話は、人間が人間にものを与えることの難しさを語っている。Ａ君の「ものを与えて喜ばす」という心持が大きければ大きかったほど、Ａ君の受けたショックも大きかった筈である。

Ａ君と私とは別人であるが、この話は私の心に残り、ときどき思い浮べては、「他人に親切にしようとおもうときは、それが二倍の大きさになって手痛くハネ返ってくる覚悟が必要だ」

とおもう。

だから、他人に親切にするのはやめよう、というわけではなく、それだけの覚悟をした上で、親切をすべし、ということである。

遊廓の話の出たついでに、私自身の体験による話を書く。

白昼、娼家に行くのは、よいものだ。妓《おんな》とすこし仲良くなってからは、妓もその方をよろこぶ。

ある昼間、私が妓の部屋に上り、彼女と仲良くしていると、部屋のドアがノックされた。

妓は寝巻を羽織り、ドアの外へ出て、なにやら話し合っている。やがて、その足音は遠ざかり、妓は部屋に戻ってきた。

「どうしたんだ」

「いま、お馴染《なじ》みのお客が来たの。もう、おじいさんの客よ」

「それで、帰ったのか」

「いま、お客がいる、と言ったらばね」

と、彼女はやさしい良い笑顔で、言葉をつづけた。

「このまッ昼間にか。世の中には、スケベエなやつもいるもんだなあ、その男によろしく言ってくれ、と言って帰っていったわ」

私は、顔も名前も知らないその男に、人間らしい人間を感じ、懐しい気持になった。

いまでも、ときどき、そのことを思い出す。そして、その言葉を告げている妓のやさしい笑顔を懐しく思い出す。そのときの妓は、たしかに、娼婦という砦《とりで》の中に閉じこもっている女ではなく、人間として私の前にいたのだ、とおもう。

「根性」この戦後版ヤマトダマシイ

「根性」とはなんぞや。もともと「根性」というコトバの意味は、心だて、気だて、心根、性質、というようなもので、その二字だけでは、心だてがどういう具合なのか、決定されてはいない。ところが、オリンピック前後から、「根性」の二文字が一つの色合いに染められかかってきた。

女子バレーボールの大松監督やレスリングの八田総監督のハード・トレーニング方式が、注目されることになった。輝かしい成果をあげたのだから注目されるのは当然だが、「根性」をつくるためにはこのてにかぎる、というムードがひろがりはじめた。このて以外にはない、というムードが濃くなり、そうなると「根性」というコトバは、「倒れてのちやむ精神」といったものに限定されてきた。

この限定が困る。このように限定されてくると、私たちの年代のものは、戦争中のことを厭な心持で思い出してくる。すなわち、「国民精神総動員」とか「撃ちてしやまん」とかいう文句を叫ぶことを好んだ種類の人間たちの、一オクターブ高い、へんに力んだ厭な声音と、浅薄な表情が思い出されてくる。同じオリンピックで優勝した三宅選手が、大松方式を批判し、「ああいうやり方はきらいだ」という発言を、私は興味をもって読んだが、そのコトバがあらためて取り上げられることがなかった。

困ったことだと思っていると、農大ワンダーフォーゲル部の事件が起こった。被害者には気の毒だが、この事件が前記ムードに水をさす効果はあった。私が困ったことだという意味を、もう一度説明しておく。「根性」というコトバがユニフォームを着せられ、その鍛錬の方法が限定されることについて、困ったことだ、といっているわけだ。論理としてはそうだが、私の心持としては、大松監督タイプは、三宅選手の意見と同じようにあまり好きではない。しかし、これは好悪の問題で、価値判断の問題ではない。

年少時代、つまり戦時中のことだが、私は軍人タイプの人間がきらいで仕方がなかった。

その頃のきらいという心持には価値判断も含まれていた。人間には二種類あって、先祖が猿のものとアダムのものとあり、ああいう連中は猿のクチだと思った。近来私も年をとって、どんな人間もそれぞれ存在している意味があると思いたい、と考えている。「万婦これ小町」とは、どんな女もすべてすばらしい美人にみえるようになるのが男性として到達する最高の境地、という意味のコトバだが、それに似たものである。しかし、女を見て、ああ厭だなと思うことがあるように、人間を見て、ああ厭だなと思うこともあり、目下のところ如何ともなし難い。なお、大松監督が軍人タイプというと違ってくるだろう。後段で考えてみるつもりだが、氏の場合もっと複雑な要素があるようだ。

先日、ある友人が、親戚筋にあたる青年について、

「あの子には困ったもんだ。いろんなことにちょっとずつ手を出しては、すぐにやめてしまう。ふらふらしていて、つまり根性がないんだ」

といい、私が答えて、

「根性がないのは困るが……」

この会話では、私たち二人は「根性」というものを肯定していることになる。だが、その「根性」の内容にハード・トレーニング方式をそのまま持ってくると、かなり違ってくる。その友人が口に出したコトバのニュアンスは、折目正しく威勢よく、闘魂をむき出しにして、一つのことをやり抜いてゆく「根性」ではない。もっと内に籠っ

て、粘り強く自分の気持を支えてゆくものを、「根性」と呼んでいるわけだ。

一方、私は、その青年についてくわしく知らないので、「根性がないのは困るが……」という曖昧な返事をしたこともあるが、そのための曖昧さばかりではない。若い頃には、自分の才能、資質についての測定がなかなかできにくいもので、一つのことをやりはじめてそれに集中できないのは、そのことに才能、資質が向いていないためだ、という考え方もできるのである。

十年ほど前、私は肺結核になって清瀬病院に入院していた。その病室は、ベッドが二十五もある大部屋で、学者もいれば筋肉労働者もいて、いろいろのタイプの人間が雑居していた。外出は禁止されていたし、退屈なので、一日中ベッドの上にすわって本を読んだり原稿を書いたりしていた。そのことが何日も続いたとき、前のベッドの筋肉労働をしていた青年が、あきれかえったようにいった。

「よくまあ、そう続くもんだねえ。おれだったら、三十分もそうやっていたら厭になっちまうよ」

「それはね、おれが軀を動かして働くとしたら、三十分ももたないのと同じことさ」

と私は答えた。

筋肉労働者に、机の前にすわらせて、長もちしないから「根性がない」と叱りつけても意味がない。それに似た考え違いには、しばしば出会う。退院して間もなく、某新聞社の若い記者と、ある工場に取材に行った。応接間で待っていると、窓から空地がみえて、一人の労働者が上半身を裸にしてツルハシを振り続けていた。その記者は、全学連の出身らしく、皮肉な口調で私にいった。

「ああいうことが、できますかね」

その記者も、インテリふうの体格で、とてもその種の労働には耐えられそうもない。私は彼のセンチメンタルなコトバに腹を立てて、

「それでは、あの男が毎日毎日、机の前に坐っていることができると思うかね」

というと、彼は沈黙した。

運動競技の場合、一つの動作を幾度も繰返すことによって、筋肉がその競技にふさわしいようにつくりあげられてゆくものだから、ハード・トレーニングもその意味では合理的、科学的といえる。ただ、そこにいかにも日本的な精神主義が混じりこむと、首をかしげる点が出てくる。

私のきらいな逸話に「乃木大将の母」というのがある。いまさら古い話を、という声もあろうが、最近の「根性」ムードには、この逸話につながるものが感じられる。どういう話かといえば、乃木大将が子供の頃、ニンジンがきらいでおかずのニンジ

ンを食べ残した。するとその母親が毎日毎日おかずにはニンジン料理以外につくらない。とうとうニンジンが食べられるようになったという話で、もちろん美談として取り扱われている。スパルタ教育礼讃である。

子供の頃、その話を聞かされたとき、うっとうしい話だと思った。ちょうど、魚屋のおやじが荷をかついで売りにきたので、

「おじさん、ニンジンは好き？」

と、たずねてみると、

「大きらいさ」

「なぜ」

「なぜって、ニンジンが好きだなんて、おらあ、そんなスケベエじゃないよ」

と、そのおやじが答えた。ニンジンが好きなこととスケベエとがどういう関係があるのかよくわからなかったが、そういう返事のほうが人間くさくていいと思った記憶がある。

昔、私はミカンが食べられなかった。なぜかといえば、いったん口の中に入れた袋がぐちゃぐちゃになって出てくるのが、感覚的に耐えられなかったからである。長い

間、食べるときには袋ごと食べてしまっていたが、いまはもう平気である。そんなことを気にしていては生きてゆける世の中でないので、自然に馴れてきたためだが、神経が太くなったともいえるし、感受性が鈍くなったともいえる。

牛乳がきらい、という子供がいる。牛乳はニンジンにくらべて高価なので、ニンジン美談はあっても牛乳美談はないが、無理に牛乳を飲ませようとする親がある。ところが、牛乳がきらいという子供を調べてみると、母乳でなくて牛乳で育った子供が多い。ペニシリンを繰返し使っていると、あるときペニシリンにたいしてアレルギー反応を起こしてショック死することがある。これが一時、問題になったペニシリン・ショックだが、赤ん坊のときから牛乳を繰返し飲んでいると、牛乳にたいしてアレルギー反応を起こすことがある。ショック死するほど目立った反応ではないが、身体が牛乳を受け付けず、そこで牛乳がきらいという外見を呈することになる。

こういう子供に、無理に飲ませても、害になるだけである。牛乳アレルギーをなおせば、しぜんに飲めるようになるわけだが、闘志をかき立てて牛乳に取り付かなければ、「根性がない」といわれかねないムードが、わが国にはある。

こういう日本的精神主義のにおいが「根性」というコトバにくっついて、そのコトバを限定している。

別の友人にいわせると、そういうことがじつにいやなので、したがって「根性」というコトバ自体がいやだ、という。私はいま「根性」というコトバに、いろいろの意味を求めようとし、そのコトバを肯定しようとしているわけだが、それはすでに手遅れだ、という。

戦争中の「大和魂」というコトバがあって、そのニュアンスに「根性」が似てきている。そもそもは「大和魂」とは、みやびの心という意味で、本来の使われ方では、たとえば強盗が押し入ってきたので手向ったために殺されてしまった、これは「大和魂」がなかったためだ、という使われ方だった。それが戦争中には、その強盗に立ち向ってふんじばってしまうぐらいでないと「大和魂」がない、というように変わってしまった。根性は、根性くさりとか根性わるとか、別のコトバとくっついてはじめて価値判断ができてくるものだが、根性すなわち根性骨、という感じになっているのがいやだ、とその友人はいうのである。

その友人のいうことは、すでに私の述べたことと合致するところが多いが、しかし手遅れとあきらめてしまうのは、気が早いと思う。

私は旧制高校時代、卓球部に入っていて、たいした腕前ではなかったが、ともかくレギュラーの選手になった。放課後ときには八時、九時までの練習だったが、我慢できないほどつらくはなかった。

卓球というスポーツが好きだったので練習がたのしかった。硬式の卓球というのは、あれでかなり運動量がはげしいのだが、自分の身体をいじめるという快感もあったようだ。ただし、私はゼンソクの持病があるので、それ以上の運動量になると、体力が足りなくなって落伍したにちがいない。

入学したときには、知らない間に陸上競技部に入れられていた。新入生の身長、体重をリストで調べて、適当とおもえる生徒を勝手に入れてしまったものらしい。むこうは適当と思っても、こちらが適当でないことを知っていたので、上級生のキャプテンに断わりに行った。断わり切れるものではないといわれたが、出かけて行くと、さんざん罵倒され腰抜けあつかいされ、心理的にシゴかれた。こういうとき断わり続けるのも一種の根性であって、柳に風と受け流して、ぐにゃぐにゃ根性で切り抜けた。威勢のよい根性だけでなく、ぐにゃぐにゃ根性も認めなくてはいけない。

当時は「根性」というコトバは使われておらず、さすがに高校では「大和魂」とはいわず、「ファイト」といっていた。ところが、「ファイト」とは何ぞや、といえば、大声を出して威勢よく振舞うことという考えが勢力をもっていて、内面的な粘り強さというのは認めない傾向もあった。「沈潜」というコトバがあって、沈潜派はファイトがない、といわれかねないところ、今日の状況に似ていた。

ところで、卓球部はおそらくその競技の性質を反映してであろう、腕力沙汰に及ぼうとする人間はおらず、かなりのハード・トレーニングだったが、シゴキはなかった。退部しても、ひどい目にはあわない。某君が退部したときも、私は「運動部に合わない男」という感想しか持たなかった。ある夜、練習が終わって寮へ帰ってゆくと、その某君とすれちがった。彼は皮肉の色をすこしも混じえずに、

「よく練習するなあ、君はえらいよ」

といった。私は好きだから続いているだけだと思っていたので、そのコトバが何ともいえずテレくさかったのを覚えている。もっとも私の卓球は、下手の横好きの類で、文学との出会いはまだその頃は起こっていなかった。

学生が運動部に入るときには、あらかじめ自分の体力の限界を測定することが必要である。たとえば、私はいまマラソンの全コースを走り切ることは到底不可能であって、走り切れないから「根性」がないと、シゴかれては、たまったものではない。

ワンダーフォーゲル部とは、丘の上でキャンプの歌など合唱する部だと私は思っていたが、そう思って入部した学生が山岳部なみの体力を要求されたという一面も、あ

の事件にはあると思う。退部しようとすると袋だたきにあう場合もあるから、そこが難しいところだが、袋だたきにされても退部するくらいの「ぐにゃぐにゃ根性」が必要な場合もある。

しかし、あの事件には別の一面もあったようで、伝聞するところによると、部の若い監督は、シゴキの場面をカメラにおさめ、アルバムに貼りつけて説明文句を書き加えていた、という。もしそれが事実とすれば、被害者はサディズムの犠牲になったということになる。

私はそういう趣味はないが、平和な時代のサディストには、一つのルールがあって、たとえば縛り方にしても、関節が折れたり痛んだりする縛り方ではいけない、という。かたく縛っているようにみえて、いくらかのユトリがあるのだそうだ。殴って殺すなどは、下の下である。

ある週刊誌を読んでいると、暴力団が向島の芸者に売春を強要して、髪の毛をつかんで引きまわしたり、ムチでたたいたり、足をゆわえてサカサづりにしたりした記事が出てきたが、これもあきらかにサディストの行為である。その文中に芸者のコトバとして「傷のつかないようにいためつけるのです。折檻する人と看病する人といて、さんざん痛めつけると、こんどは看病役が出てきます。熱い湯でシップされたり、水で冷やされたりして、ああ、『これで一週間は働きに出られないな』と思いながら、痛む身体を引きずって寝床に入り、翌日、目をさましてみると、昨日の痣や痕は、キレイになくなっているのです。夢を見てるというのはこのことじゃないか、と思うくらいです」とあった。こうなると、暴力団にも劣る、ということになる。

ところで私は、大松監督にもサディズムを感じるのである。東洋の魔女たちには、マゾヒズムを感じる。といって、病的なものというわけでなく、男と女とが抱擁する場合、女は男にもみくちゃにされたい欲望を持ち、男は女をもみくちゃにしたいという欲望を持つのが常態だが、そういった意味におけるサディズムとマゾヒズムである。

もちろん監督も選手も、まずバレーボールを愛し、続いて世界一になる欲望をもち、その道案内役としての監督を、選手たち全員がアイドルと思い、潜在意識として惚れた。そしてハード・トレーニングという形を通して、陰と陽との歯車が嚙み合って、世界一に向って動いてゆく。したがって、選手たちは青春を犠牲にしたとは思えない。逆に、そこに濃密な青春の気配が立ちこめており、バレーボールがなかったら選手たちはあれ以上の青春をつかめたとは到底思えない。

そう考えないかぎり、あの異常なハード・トレーニングを、私は理解することができない。また、そう考えれば、選手たちを「ウマ」とか「オッチョコ」とか呼ぶ、普通なら背中のくすぐったくなる感じも、そのまま受け入れることができる。すくなくとも私に断言できるのは、選手たちが男であったなら、あの式のハード・トレーニングは成り立たない、ということである。

考え方によれば、ある意味でこの監督と選手たちのつながりは、なかなか現代的とはいえる。大松監督は現代人である。「すべて自分自身のためだ」とその著書『おれについてこい』でいっている。「なにに従事しても自分自身のためにやらなければならない、他人のために、では成しとげられないのです」と書いてある。

結論として、現在のムードのような「根性」をその理想像と考えて、他のコトバとのつながりによらず、ただ「根性」と書いて足りるとする風潮には、私は反対である。ハード・トレーニング式根性とか、ヤマトダマシイ式根性とか呼んで、「根性」の形の一つと考えてもらいたい。

靴のはなし

昭和二十二年に、私は大学を中退して、娯楽雑誌の雑誌記者になった。生計が立たないので、アルバイトをしているうちに本業になってしまったのである。最初から、あやしげな雑誌社に入ったと誤解している人も多いが、これは違う。私の入った会社は、『モダン日本』という二十年の伝統のある垢抜けした雑誌を出していた。戦前の執筆陣には、井伏鱒二、牧野信一などの立派な名前が見える。戦後は久生十蘭の連載が評判だった。

敗戦直後の活字が珍しい時代には社運隆盛だったが、戦後混乱期には垢抜けしすぎていて、しだいに売行きが悪くなった。

私は実力以上に買いかぶられて、いきなり新雑誌の編集発行人に名前を出された。これはどういうことか。おそらく、当時のオトナが「アプレゲール」と呼ばれた私たち新世代にたいする、訳の分らない人種をみるオソレのようなものも作用していたのではあるまいか。

しかし、所詮雑誌づくりにはシロウトなので、たちまちその新雑誌は売行きが不振になり、廃刊になった。その上、『モダン日本』も売れなくなり、やがて不渡り手形を出して倒産した。

私は若いので、借金言い訳の係もやらされた。大晦日ちかくに、一日数十人の債権者と応対したりした。半分ヤケクソで毎日酒を飲むが、その飲み屋の借金の言い訳係もやらされた。

たまたま誰かが金をもっていると、ミュンヘンという銀座のビヤホールへ行って、大ジョッキのビールを十杯飲む。ウェイトレスに若い美人の多い店で、七杯目くらいから、無料でそっとジョッキを持ってきてくれる。丁度、ボブ・ホープの「ボタンとリボン」が流行していた。また、クリスマスの時期だったので、今でもその種の曲を聞くと、物悲しいような複雑な気持になる。

給料も遅配だったが、私は金に困っているように見えないタチらしく、社長もそうおもいこんでいたようだ。現実は、スイトン（メリケン粉のダンゴを味噌汁に入れたもの）ばかり食べて暮したりしていた。ラジオはジャーナリストとして必需品の一つだが、戦後五年間くらい、買えなかった。水上勉がそういう時期に酔っぱらって、国

電に座っている乗客の靴を撫でてまわり、

「どうして、あなたたちは、靴が買えるのですか」

と、言ったというが、その気持はよく分る。身につまされた。給料が千数百円で、靴は五百円くらいした。買える道理がない。私も長い間、軍隊靴をはいていて、底から釘が出てきて足の裏に穴があいて、堅くなったその穴に丁度釘が入りこむように足の裏ができ上っていた。釘を叩きこめばいいとおもうのが常識だが、そこが微妙なところで、うっかり釘を叩くと底が抜けてしまうのである。

そのころ、いまは故人となった大衆小説の大家T氏を訪問した。しかるべき紹介状があったので、応接間へ通してもらえた。交渉は不調におわり、帰ることになった。T氏はゴルフへ出かける予定で、一足先に玄関に出た。

玄関の靴脱ぎの中央に、私の靴が置かれていたのを見て、T氏は書生に怒鳴った。

「なんで、こんなキタナイものを、こんなところに置いておくのか」

書生は困った顔になり、T氏はそのときその靴の持主に気が付いたようである。それ以上は追究しなかったところをみると、自分の失言に気付いたようだ。

もし私がT氏の立場だったら、折に触れてその失言をおもい出し、自分を咎める気になったにちがいない（これは、そのときの若い男がその後ともかくも一人前の小説家になったというようなこととは、まったく関係がない）。

T氏の場合も、そうだったとおもいたい。

T氏とは、その後も因縁があった。それから十年くらい後に、新宿の酒場でときどき顔を合わせるようになった。T氏を恨む気持はすこしも持っていなかった、しかし、遠くの席にT氏の姿を見ても、挨拶に行かなかった（そのころは、私は芥川賞を受賞して、かなり時日が経っていた）。

あるとき、T氏の言葉が、ある評論家を通じて、届いた。

「あの男は、おれが大衆作家だから、挨拶にこないのだろうか」

ここらは、微妙であるが、私は大衆作家にくらべて純文学作家のほうが上だとは、おおむね考えていない。この問題は、もっと精《くわ》しく書かなくてはならないが、流行作家というものを、私は戦国時代の英雄豪傑のような存在として考えていて、異能の持主だとおもっている。事実、そういう人たちには、男性的でイサギヨイ人物が多くて、私もいろいろ交友がある。

その話を聞いて、私は、

「これは、いかん」

とおもった。

私が挨拶に行かなかったのには、理由があった。T氏はその店の女性が好きになり、店をやめさせて可愛がっていた。その女を伴って、毎夜のようにその店に現れ、仲良く酒を飲んでいた。彼女は気質のよい女で、以前私は親しくしていた（人は信じないかもしれないが、彼女とは友だちづき合い以上のものはなかった）。そこで、遠慮して、その席に近寄らなかっただけのことである。

「これはいかん」

と、おもったので、私は次の機会に、T氏の席に出向いて、丁重に挨拶をした。あの靴をはいていた男と私とが同一人物だとは、T氏は知らなかったとおもう。

眼の変化

繁華街の裏にある広い道を歩いていると、セビロを着てネクタイをきちんと結んだ三十半ばの男が、私の顔を見てふっと立ち止まった。

五メートルほど離れたところから、眼を離さずにゆっくりといんぎんな物腰で近づいてきた。私を見知っている未知の人から、声をかけられることが稀にある。そういうことの起りそうな相手の物腰で、私はひるんだ眼になった。

仮にこの路上を舞台とすると、こういう形の場合には、スポットライトが私だけを照らしているような錯覚が起りかかるところが、まず怖ろしい。じつはライトは相手にも均等に向けられているのであって、一対一のやりとりからなにが起ってくるか分らない。

ひるんだ眼だけではなくて、おびえた眼に近くなるのが、自分で分った。その瞬間、私を窺いながらゆっくり一メートルほどを歩いてきた相手の男は、残りの四メートルを一気に縮めて、私のすぐ前に立った。

「ちょっと、ちょっと」

男は押しつけるような口調で、

「そこの車の中に、品物があるんだがね」

と言った。

そういうことか、と私は分った。いまの距離の縮め方がシロウト離れしていたわけだ。男は、私の眼に浮んだおびえた色を、誤解したのだ。

「その品物を、あげようとおもうんだけど、ただでだよ」

と言って、目の前の男は私をすこし見上げた。いくらか私より背が低いわけだが、痩せ方が鋭く、敏捷そうな体格である。

私は平素の眼に戻って、黙って男を見た。相手は私を見て、アテのはずれた表情になってきた。さっきのひるんだ眼から、実直なサラリーマンタイプと判断していたに違いない。

「ただであげようというんだよ、気持悪いか、気持悪いか……ね」

と、男はそう尋ねた。「気持悪いか……ね」という言い方は、猫がネズミをなぶる口調ではなく、相手を間違えたという感じで、このまま引き上げる用意をしていることが分った。

当然、私は気持が悪いのだが、このタイプには裏町のもっと物騒な場所で若いころから何度も出会っている。ふしぎに一度も因縁をつけられたことがなくて、そこが頼りである。

「気持は悪くないがね、もらっても邪魔になる」

と、私はなにも持っていない両手を、その男に示した。

「またあ……」

と男は言い、苦笑して離れて行った。

よく眼の光る男だった。


ここで思い出すのは、故人高見順の書いたものの一節である。それが何であったかは忘れたが、断片ははっきり覚えている。つまり、眼つきが鋭いうちはまだ小物で、大物はかえってトロンとした光のない眼をしている、という意味のことである。

なぜ、そういうことを覚えていたのか。

内面生活というのを強くもつようになると、眼が光りはじめる。もっとも、内面の生活にもいろいろの形があるわけで、それに応じて眼はいろいろな光り方をする。

中学生のとき、荻窪から市ヶ谷まで中央線に乗ったとき、中年の男が一人で電車の中に立っていて、その眼が立派な光り方をする。彫像のような横顔で、四十代の年ごろだったろうが、年齢を超越した一個の存在にみえた。だれだったか分らないが、芸術関係者の顔をしていた。

ああいう眼になりたい、と鏡に向かって、眼に力をこめてみた。しかし、眼が痛くなるだけで、一向に光ってこなかった。

そのうち旧制高校に入ってしばらくしてから、眼が光りはじめ、小説を書くようになってからは一層光るようになり、ときにはすこし光り過ぎた。

そういう時期に、その言葉に出会ったのだとおもう。説得力を感じて「なるほど、トロンとしなくては、まだ未熟か」と考えたにちがいない。

その私の眼が、二年ほど前からトロンとしてきた。人にも、ときどきそのことを指摘される。しかし、残念なことに精神内容につながっての結果ではなくて、生理的な原因なのである。要するに、老眼と乱視が出て、鋭く焦点を結ばなくなってしまっただけのことだ。

眼で苦労したことが、私にはなかった。薄暗いところとか、寝そべって眼球をななめにして本を読んだりして、眼を酷使してきたが、ずっと視力は二・〇であった。四十を過ぎても一・五を維持してきた。

　そのことを言うと、

「若いころ眼がいいと、はやく老眼になるといいますね」

という答えが返ってくることが多いが、それは間違いで、四十になればもう老眼になっても不思議ではない。

五十まで持ちこたえたのだから上出来なのだが、眼鏡を使ったことがなかったので、不愉快で仕方がない。読書をするのも、不愉快である。

もう一つ、だれも教えてくれなかった落し穴があった。辞書の文字を見るのが困難になったので眼鏡をつくったのだが、一たび眼鏡を使ってしまうと、大きな字も裸眼では見えなくなり、原稿用紙の桝目まであやしくなる。

　といって、眼鏡を使わないで我慢すると、頭がひどく痛くなるのだそうだ。

　おそらく、高見さんの前記の言葉は、若いころに書いたものの中に出てきたものだろう、とおもうようになった。

雑踏の中で

見知らぬ顔ばかりで雑踏している街の中に身を置くと、僕はやっとひとりきりになれたという解放感で神経が休まってくる。その雑踏は、こみ合っていればいるほど、騒がしければさわがしいほど具合がよい。

その反対にいわゆる人里離れた場所、針の音も大きくひびくというような土地に身を置くと、気分がイライラして落着かなくなってくる。井上友一郎氏はまちの喫茶店のテーブルで平気で原稿を書くことができる、という話だが、僕もそういう性分である。原稿を書くために街に出ることはまだしたことがないが、神経を休めるために街に出るのはしばしばである。

街へ出た以上、なるべくたわいのない場所へ行くに限る。僕は本屋へ入って書棚にずらりと並んでいる書物の背文字をながめていると、必ず便意をもよおしてくる。これは自分でも不思議におもっている。だから本屋はなるべく早く、必要な書物だけ求めて出ることにする。

僕に適当しているのはまずパチンコ屋だ。パチンコ屋の中では人間の言葉というものはほとんど聞えない。騒々しくひびく機械の音は全く意味をもっていないので、僕にとってはむしろ静寂な地帯ということができる。そして遊戯そのものが大そう孤独な遊戯だ。パチンコ屋で隣の客に話しかける人は、いないといってよい。もっとも時にはひとり言をつぶやいている人もある。「チェッ、またダメだ。これでもう三百エンもスッちまった」などというつぶやきは、愛嬌もあるしペーソスもある。

このパチンコ屋で僕は神経を休める。と同時に、幾分ハラハラしながら球の行方を目で追っていることが、精神のウォーミング・アップになるらしい。パチンコをしたあとでは、僕は仕事がはかどるのが常である。

酒を飲む時も、飲みはじめには群衆の中でひとりきりという気分を、僕は求める。したがって、大きなビヤホールの木のイスに坐って、ぼんやりジョッキを傾けるのが好きだ。あるいは見知らぬ場末の町で、天井に桜の造花が飾ってあったり、時期はずれのクリスマスの飾りがぶら下ったりしている酒蔵で飲むのが好きだ。

しかし、酔いがまわるにつれて、僕は人なつっこくなってくる。口を開き舌を動かして、たわいのないおしゃべりをしたくなる。それが精神のレクリエーションになる、という気分になってくる。そこで、だれか知合いのいそうな店をのぞきに出かける。首尾よく見付けると、喜んでおしゃべりを開始する。しばらくそれがつづくと、今度はまたひとりになりたくなる。が、僕は弱気なところがあるので「では、さようなら」という気分になれない。ずるずるとハシゴ酒になることがしばしばである。

知合いと別れてひとりになり、雑踏している橋や街路の上に立ち止まって、ビルディングの横腹をチラチラ動いてゆく電光ニュースを読んだりするのも僕は好きだ。黄色い光の帯が、僕の心をなだめる。と同時に、不意に僕の読んでいる文字と同じ文字を、このまわりの人たちも読んでいるのだろうか、と疑わしくおもえる瞬間も襲ってくる。そういう時には、電光文字はふと見なれない奇怪な形に見えたりする。

とにかく、僕は雑踏を愛し、都会を愛している。当分、いや死ぬまで花鳥風月の心境にはなりそうにない。

酒の飲み方

1

最近、盛り場の街角で吐いている若い男を、ほとんど見かけない。踞《うずくま》っている若い女は時々目にするが、彼女の背を撫でて、

「ぜんぶ吐いちゃえばなおるよ」

などと猫なで声をだしているのは、たいてい若い男である。現代の若者は、人前で醜態を曝《さら》さないものらしい。

この手合いを評して、

「最近の若者は節度を弁《わきま》えている」

とか、

「スマートな生き方をしている」

とか、したり顔をしていう識者がいる。

私の考えでは、彼らは哀れな小羊でしかない。節度とは、オトナの為の形容詞であって、節度ある若者など、じつは存在しない。節度ある、と形容されたら、彼はもはやオトナである。

スマート、は一面的《まと》を射た表現といえる。英語のsmartは、「カッコいい」という日本語と同意義にとられがちであるが、むしろ「抜け目のない。狡い」という意味が強い。醜態を恐れている若者は、抜け目がないし、狡賢《ずるがしこ》い、ということになる。

酒に酔って醜態を曝したって、かまわないのだ。

『葉隠』に、次のような一節がある。ある男を昇進させるかどうかの会議の席上、

「アイツはこの前、大酒をクラッて醜態を曝したから、昇進は見合わせよう」

という意見が大勢を占め、男の昇進は却下されかかった。そのとき、一人の男が、

「酒で誤ちを犯したからといって昇進させなかったら、仕事のできるヤツは昇進できないということになる。誤ちを犯した人間は後悔もするだろうし、たっぷりたしなめてもあるから、仕事はバリバリやるはずだ」

といった。

別の男が、

「キミはその男のことを保証するか。保証するとしたら、何故に保証するのか」

その男は、

「醜態を曝したことのある人間だからこそ保証できるのだ。一度も醜態を曝していないヤツの方がアブナいぞ」

と答え、昇進させることになった。

若者にとって、酒は大人への勲章である。だから、無闇に飲む。大量に飲むほど、大人に近づけたような錯覚がある。反吐《へど》を吐き、乱暴狼藉を働き、大声で泣きわめいたりする。それでよい。

失敗を恐れないのが、若者の特権である。醜態を演じるのが若者である、ともいえる。

ただし、大酒飲みがエラいという錯覚が昂じて、アメリカ人の飲み方の真似をすることだけは止めた方がよい。

アメリカ映画を見ていると、よくこんな場面がある。

女主人公が怪我をしてウンウン唸っている。介抱している男が、女の口の中に、ウイスキーをジャブジャブ注ぎ込む。すると、マカ不思議、女はパッチリ目を開き、

「オー。マイ・ダーリン」

などといったりする。

これはアメリカ人だから可能なのであって、日本人がこんなことをされたら、息も絶えだえになってしまう。私の考えでは、アメリカ人を獣類とすると、日本人は鳥類である。獣類が、アルコールを飲むと、車がガソリンを供給されたようになるが、鳥は目を廻して倒れるハメになる。

2

『徒然草』で、兼好法師が、酒飲みの悪口を書いている。

「酒を飲んでいるヤツの顔を見ていると、もう飲みたくないなあ、というふうにしかめ面をして、隙あらば酒を捨てようとしたりする。かと思うと、『もうケッコウ』と拒否しているのを捕まえて、『まあ、そういわずに』と無理に飲ませる。だから、ふだんは紳士であるのに、突然オクターブが高くなって、活躍する。なかには、急性アルコール中毒で半死半生になるヤツもいる」

だから、

「生きている間は、失敗続きで無一文になり、あげくのはてには体がガタガタになる。酒は百薬の長どころか、万病のもとである。そして、死んだら地獄落ちに違いない」

酒飲みの描写は、じつに卓抜である。卓抜であるから気持が悪い。これだけ描写できるからには、兼好法師はおそらくその宴席にいたことになる。どんな顔つきで酔っ払いを眺めていたのか。冷静な男が、満座泥酔の席にいて、ひとり斜めに構えている。その視線を想像すると、不気味である。

兼好法師は、少々は飲める男であった。

「ある程度飲めるほうが、男としてはよい」と別の段で書いている。「気の合った友達と飲むのは楽しい」とも書いている。彼は、大勢で飲む宴席が嫌いだったことになる。

これは酒仙の境地というべきであって、数知れぬ醜態を繰返しているうちにいつの間にか到達できる。もっとも、死ぬまで醜態を続けるタイプもあり、最初から酒仙を装うタイプもいるが。

兼好法師の酒歴を想像してみる。

はじめて飲んだとき、

「ウム。これは少々イケるな」

と内心考えた。しかし、初体験であるから気持の底には恐ろしさが澱んでいる。そこで、なるべくチビチビ飲んでいる。

やがて、周囲にいる連中がデキあがって豹変した。それは恐るべき変貌であった。紳士と信じ切っていた友人が裸踊りを始めた。無口で穏やかな人が、

「ケンコオ、テメエ、ノメ」

とワメいた。仰天している彼のボルテージも急に上昇して、沸騰点に近づいたらしく、なにやらワメきたい衝動が疼《うず》く。彼は必死に、

「オレの名はケンコウである。精神の健康な男である。これ以上飲んで醜態を演じてはいけない」

と考え、以後宴席では一滴も口にしなかった。

ただし、酒を絶ったわけではない。気の合った友達が来れば飲むし、来なければ一人で晩酌をすることにしている。

つまり、兼好法師は泥酔するほど酒を飲まない男だったと想像できる。下戸に近い。下戸が上戸の悪口をいっていることになる。泥酔した経験のない男が、泥酔する男を批判するのは、童貞が娼婦に接して、

「オマエの構造はよろしくない」

というのに似ている。

アルコールに対するアレルギーがあって体質的に酒を受けつけないなら別だが、あ

る程度飲めるなら、醜態を恐れずに飲まなければ若者としては情ない。

醜態を繰返しているうちに、酒のよさ悪さが、自ずから分ってくる。自分の適量も、分ってくる。私のいう適量とは、乱暴を働いたり吐いたりする寸前の酒量である。

ただし、適量は「酒なら五合、ウイスキー水割りなら八杯、ビールなら六本」というふうにきっちりとは決まらない。一升飲んでも平気な男が、二合でツブれることがある。

醜態を繰返していると、そのへんの微妙な按配が本能的に身についてくる。一杯目を口にすると、その味わいで、

「あ、今日は五合でデキあがるな」

ということが即座に分る。

若き兼好法師が、独りチビチビ晩酌などやらずに、外で醜態を演じていたら、

「酒飲みは、死んだら地獄行きだぞ」

などと、恐ろしいことを書かずに、

「酒の酔い心地は、セックスのエクスタシーにも似ている」

ぐらいのことは書いていたかも知れない。

ところで、兼好の晩酌で思い出したが、最近の若い男は、晩酌をする手合いが増え

たと聞く。そういえば、日本酒のコマーシャルで三枚目の若い男性タレントが、恋人という設定らしい女と晩酌をしている構図のものがある。

私は晩酌をしたことがない。男が家へ帰って、妻子を前にチビチビやりながら、一家の家長であるという優越感と責任感に浸りつつ、

「今日も一日よく働いたなあ」

などと上機嫌で話したりするのは、それはそれでよい。私は、ただ、家で酒を飲むのが好きでないから晩酌をしないだけである。晩酌をする男を嫌いだということもない。

ただし、独身の若い男が晩酌をするのは情ない。人間としてダメだ、という意味ではなく、絵にならない。経済問題もからむだろうが、彼は意識していようといまいと、

「外で飲み過ぎて醜態を演じたらみっともない。家で飲んでいる分には、たとえ反吐を吐こうとも他人には見られないから平気である」

という考えに支配されているのが、感心できない。

3

「しかし、キミは何のために酒を飲むのだ」

と下戸の友人に改まって問われ、たじろいだことがある。

イイ気持になれる、と答えると、ならば酒よりも麻薬の方が手取り早い、と反論される。一日の疲れを癒《いや》す、と答えると、ビタミン剤でも注射してもらえ、と嘲笑される。コミュニケーションが円滑になる、と答えると、オマエはそんなに人見知りする男だったかな、と呆れられる。散々な目にあった。

それが口惜しくて、なんとか彼をギャフンといわせたい、といろいろ調べてみた。

しかし、医者に聞いても、

「深酒は肝臓によくない」

というような悲観的な回答しか得られず、まったくラチがあかない。

アセっているところへ、宗教学をやっている友人がやってきた。

早速その男に聞いてみると、

「酒は、昔、キとかミキとかいった。これは霊という意味の言葉だ。これは日本だけでなく、英語の spirit とか、フランス語の esprit とか、ドイツ語の Geist とかは、すべて、酒という意味と霊という意味を併せ持っているのだ。つまり、酒イコール霊なのだよ。

なぜかというと、かつて酒は、カミと人との交わりを円滑にするためのものだった。

一つには、カミに対する人の心の中にある邪魔なモノを取り去って、カミと裸で接するためのものであり、もう一つには、酔って陶然とした境地に入ることによって、カミガカリになることをた易くしたということかな。だから酒イコール霊ということだった」

　これを聞いて私は、

「すると、酒に酔うとカミに近づけるのか」

「マサカ！　ただ、酒を飲むことによって、一緒に飲んでいる人間を深く理解できるとはいえるかな。いまいった定義のカミを、他人に置き換えてみると分る」

「なるほど、他人と裸で接したり、他人ガカリになって他人になれるというわけか」

酒イコール霊という定義を現代ふうにアレンジすると、酒を飲むと、他人と一体になれる、ということになる。酒を飲まないと、他人と一体になれない、ということにもなる。

私は、この定義を、早速下戸の友人に伝えた。彼は反論の余地がなく、ギャフンといった。

以前、酒を飲んで突如別人格になるような飲み方は厭だ、と書いたことがある。それを書いたときは、はっきりした理由はないが、嫌いだから嫌いだと書いた。ところが、この定義にあてはめると、酒に酔って乱れるのは誤った飲み方だということになる。

つまり、酒は他人と一体になるほど深い接触をするためのものであるから、他人に迷惑をかけたり、気持を傷つけたりすることはタブーなわけである。

神と接触するために飲むのは、必ずマツリの時であったという。だから、独りで酒を飲むのも、まったく無意味ということになって、私の持論は立証されたことになり、この定義はまことに都合がよい。

正しい飲み方を身につけるにはどうしたらよいか。

何度も繰返すが、醜態を積み重ねていくうちに、自然に身についてくる。醜態を恐れては、いけない。若者は、酒に限らず、様々な場面で醜態を演じるべきである。

へたな飲み方――モテない客ベスト5

一本のビールを三時間

あるホステス嬢に、「モテない客ベスト（ワーストという方が正しいかもしれない）5」についてのメモをつくってもらった。ただし、彼女の職場は、キャバレーあるいは指名制のクラブと考えていただきたい。

第一位ケチ

A型のケチ――内向型。薄笑いをするだけ、あるいは、不機嫌にむっつり押し黙っていて、ホステスの商売気に乗ってこない。

（実例）＝飲物はビールに限る。もちろん一本のビールはコップに何回もつぐことができるからである。ホステスの指名をつけない。ホステスにビールをつがない。それとなく催促すると、じろりと睨む。一本のビールを二、三時間かけて空け、会計のときだけ雄弁になる。文句をいうのである。

（ホステスの評）＝そんなにつまらなければ来なければいいのに。

（客の立場からの私の感想）＝嘘のような話だが、やはりこういう客がときどきいるのだそうである。彼女の評のように、同じ金を費《つか》ってビールを飲むなら、縄のれんあたりに行けば、鼻つまみの客扱いされず、気楽に飲めるとおもうのだが。異常神経で、イヤがられる気配を愉しんでいるのかもしれない。

心で泣いてルールに従う

ところで、ケチとは何ぞやという疑問を呈してみよう。ケチの美徳とかいうことはさておき、私見によれば、一億円もっていて千円を惜しむのはケチであるが、千二百円しかないときに千円の金を惜しむのは、これはケチではない。人間として当然の心情である。しかし世の中はふしぎなもので、たとえ一億円もっていても、千円を惜しむ心根がないと、大金持にはなれないものらしい。昔、私が会った大金持の高利貸は、ハナを新聞紙でかんでいたし、またある億万長者はおでん屋で領収書をもらってゆくそうである。

この論法をさかさまにたどると、酒場で身銭を切って飲んでいるようなやつにはけっして金持はいない、ということになる。したがって、ホステスに飲物をサービスするときには、アキラメて心で泣きながら、しかしルールには従わなくてはならないと考えながら、そうしているわけだ。といって、ホステスのコップにビールを注ぐことを拒否するとなると、これは異常である。酒場にこないで、おでんやで手酌で飲むべきであるので、嫌がられるのは無理もない。

「酒場ト考エテハイケナイ」

私などはビールをホステスのコップにつぐことを、けっして嫌がりはしない。それどころか、

「なにか飲みなさい」

といったとき、

「それでは、あたしたちおビールでもいただきましょう」

と返事されると、

「やあ、きみたちは気立てのいい人たちだねえ、結婚したくなった」

とよろこんでしまう。

つまり、ビールを飲むということは、客の財布をいたわっていることなのである。

しかし、店によっては、そういうビールなどという客にとっては経済的、店にとってはけしからぬ飲物は、最初から置いてないところもある。そういう店は、ルールも厳格である。たとえば、客が二人でいってテーブルに坐る。ホステスが四人きて、それぞれブランデーとか、なんとかフィズとかかんとかカクテルなど飲みはじめる。一時間ほど経つと、彼女たちの一人が、彼女たちの空になったグラスを片付けて、さりげなくテーブルを拭ったりしはじめる。

はははあ、なるほどと、私は分ってしまう。分らなければそのままになるかもしれないが、因果なことに分ってしまう。分りながら、自分にいいきかせる。ここを酒場と考えてはいけない、洋風花柳界なのである。芸者衆だって、一定の時間が経てばあたらしく花代が加算されるではないか。つまり、彼女たちの空のグラスにもう一度飲物を満たすことが、花代の替りなのである。

そういう心境を、わざと私は口に出していってみる。

「なんだか、野球のダブル・ヘッダーの第一試合が終わったみたいだな。いよいよ第二試合がはじまります、というわけで、グラウンドキーパーが地面を平らにして、バッターボックスの線を引き直している……」

ここまでいうと、カンのいいホステスはクスクス笑い出す。私がこういうことをいうのも、一つには彼女たちへのサービスで、彼女たちは店のルールに従っているまでいくぶん気の進まぬことをやりはじめていることが分るからだ。

「ま、仕方がない。もう一杯飲みたまえ」

と、私は言葉のしめくくりをつけることになる。

それにしても、そうまで気を使って何のために酒場に行くのだろう。ホステスの評のように、

「来なければいいのに」と自分でもおもう。友人と会ったときにも、

「バーはつまらんなあ」

「まったく、つまらん」

「何かおもしろいことはないか」

「さあねえ」

「ともかく、ちょっとバーへでも行ってみるか」

ということになる。

まったく酒場とはふしぎなところである。

口説く言葉もムダにしないケチ

B型のケチ——外向型。同じ種族でも、内向型より愛嬌がある。良く喋り、良く笑い、びっくりするようなお世辞をいい、ホステスをケムに巻く。

（実例）＝M氏はN子のほかのホステスが席に集まることを拒む。N子だけそばにいて欲しい、とか、N子と二人きりでいたいとか言っている。

しかし、本心はホステスがたくさんになると、サービス料が高くつくのが嫌なのである。それに、二人だけの方が口説きやすい。

氏はほとんどフロアでダンスを踊りつづける。その分だけ、飲む時間が少なくなってトクだからである。

N子を指名して会った二度目のとき、M氏は踊りながら提案した。

「一カ月に二度だけつき合わないか。一回五千円で、月に一万円」

「……」（N子曖昧に笑う。M氏はその笑いを、承諾と受取ったらしい）

「きみのアパートに行くからね」

「アパートですか」

「旅館代もバカにならない。一回五千円として、月に四回で二万円になっちまうからなあ」

「……」(N子呆然としている。M氏はたちまち自己流に解釈して)

「ああ、彼氏がいるのか。それじゃ別れたら電話してくれたまえ。電話代、渡しておこうか、公衆電話なら十円だが……。アパートに電話あるだろう、それなら七円だな」

(ホステスの評)＝吹き出しちゃったわ。

(客としての私の感想)＝なるほど、陽気なケチである。口説く言葉もムダには使わないという精神なのであろう。

諺に曰く、「下手な鉄砲も数打ちゃ当る」

女体をさわる技術

第一位ケチ、につづく第二位、は省略型とでも呼んでおこうか。

何を省くか、といえば、口説く作業以外のすべて。目も口も手も、足まで、口説くための機能である。

(実例)＝S氏の場合、A子にささやきかけ、一方B子の背から胸へ手をまわし、C子を熱した目差しで見詰める。二兎どころか、三兎まで追っているのである。

（ホステスの評）＝いやになっちまう。

（客としての私の感想）＝このメモによれば「さわり魔」もこの項に含まれるようだ。たしかに、女性の軀にさわる技術はむつかしい。下手なさわり方をすれば、立ちどころに嫌な客の五指のうちに入れられてしまう。しかし、上手にさわれば、必ずしもホステスたちにヒンシュクされるとは限らない。しかし、上手にさわることは、まことに難しい。武道、書道、茶道などと並んで「さわり道」とでも称してしかるべきものであって、この道は厳しい。掌が相手の軀を意識しすぎてもいけないし、しなさすぎてもいけない。

触れるがごとく、触れざるがごとく、虚実皮膜の間、というところである。したがって、触る本人は同じでも、その日その日の出来不出来がある。以前、私はこのことについて、「モモ膝三年、尻八年」という格言をつくったことがある。腿か膝を嫌味にならず撫でられるようになるには、三年の修業が必要である。お尻となると、八年かかる、という意味だ。「桃栗三年、柿八年」という諺から取ったものだから、それにつづく下の文句も推測できるであろう。

お尻の撫で方

そういう難しい道であるから、斯道《しどう》の大家でも、孫子の兵法に言うように「天の時、地の利、人の和」と条件が揃わないと、最高の効果を上げることができない。しかし、もう一度繰返すと、「上手に触ろう」などという邪心があっては駄目である。

皮肉なことに、たとえば次のような心境のときに、しばしば成功するのである。つまり、酒場なんかどこが面白いのだろう、とおもいながら、なんとなく出かけてゆく。カウンターに坐って酒を飲んでも、一向に面白くないし、傍のホステスにも興味が動かない。しかし、黙っているのも無愛想のような気がして、めんどくさそうに彼女のお尻をつるりと撫でてみる。こういう退屈したほとんど無関心でありながら、どこかに相手にたいするサービスを考えている手つきが「虚実皮膜の間」というのに合致しやすい。

自慢ばなしを一つすると、そういう時期にはじめての酒場へ行った。一階が満員で二階へ行くことになり、そのついでに手近なところの女性のお尻をすうっと撫でて、階段を上がった。間もなく、一人のホステスが階段を走り上がってきて、

「さっき、あたしのお尻を撫でたのは、どのかた」

と言う。怒っているのではない。笑いを噛みころして、頬に血ののぼっている顔である。撫で方があんまり上手なので、どういう人かわざわざ確かめにきたという。

しかし、近頃では、私はほとんど触ることをやめてしまった。私も齢四十になって、はっきりと自分が中年であることを感じ出すとともに、ふと反省がしのび込む。

傍のホステスの背中に手を触れ、

「きみ、いくつぐらい、二十ぐらいか」

などと訊ね、そうだと答えられると、自分の齢の二分の一なんだな、などとおもう。

「とすると、おれも宛然《えんぜん》ヒヒジジイといったところかな」

などとふと考えたりするとその瞬間から手先が乱れ、本当に狒狒爺のさわり方になってしまうからである。

「送り魔」と「送られ魔」

第三位、送り魔。閉店近くに来て店の出口でねばる。あるいはやたらに、送りたがる。

(例)＝例を挙げはじめれば、キリがない。裏口のある店は、そこが逃げ道になる。無い場合、化粧室で時間をつぶし、ボーイに帰った、と告げさせる。変装することもある。

(ホステスの評)=うるさいけど、スリルがあるわね。

(客としての私の感想)=客も客だが、ホステスの方にも「送られ魔」というのが無いわけではない。帰りのタクシー代を節約するために送らせるのか、などと考えるようでは一人前の客とはいえない。

「送ってちょうだい」

と言われ鷹揚《おうよう》な心持になって「ナイト・クラブにでも寄ってゆくか」と、散財して彼女を送り届ける。満足して感謝してもらえるつもりでいると、「ずいぶん遅くなってしまったわ。時間外に働いた手当てを頂戴」といわれた客がいる。実話である。

モテると思いこむ失敗

第四位、図々しいやつ。

M・M・Kという陰語が流行したことがある。モテテモテテコマルという意味である。

「あなたMMKなのね」というと客は嬉しそうな顔になるが、じつは皮肉を言われているのである。つまり、自分だけMMKのつもりという図々しいやつ。

（実例）＝Z氏があるホステスを誘い、断わられた。彼はそのホステスの顔をふしぎそうな表情でしみじみと眺め、

「せっかく寝てやろうと言うのに断わるとは、馬鹿な娘だなあ」

と、言った、という。

モテない客がモテる客になれる条件

第五位、身の上相談型。

優しい。我儘《わがまま》もいえるし、身の上話も聞いて貰える。年輩の客に多いタイプである。一見モテテいるように見え、本人もそう信じている人が多い。しかし、じつはその男にたいしてホステスは傲慢《ごうまん》になり、陰では「お人好しの客」で片付けられる。

（実例）＝O氏はT子に惹かれていて、定期便と仇名《あだな》がつくほど通いつめた。T子は自分の都合のよいときにだけ、O氏の車で送ってもらう。集金のときに、O氏の車を使うことさえある。頼まれると嫌とはいえなくなるのだが、接吻さえ許してもらったことがない。二年間通いつめて、O氏の欲望は熟し切った。そのとき、T子が二人だけで話したい、と申し入れをした。

O氏がいそいで約束の場所へ出かけてゆくと、

「あなたなら解ってくださるとおもうのだけど……」

と、T子は愛を告白した。といっても、O氏にたいする愛情ではないことは言うまでもない。そして、ついにO氏は仲人の役をひき受けさせられてしまった。

（ホステスの評）＝あの人きっとバカなんだわ。

さてこのメモの末尾はこのような言葉で締めくくられてあった。

「ところで、モテない客の逆がモテる客になるとは限らない。考えてみると、モテる客というのは極めて少ない。百人に一人くらいの割合だろうか。高い勘定を払い、ホステスにサービスしようと心をくだいている客が、こんなにホステスたちに冷たくされていたとは残念。そこでホステスのベテランX子さんの忠告をお知らせしよう。モテない客がモテる客に変わるためのまず第一の条件は、ホステスという職業を軽ろんじないこと……」

食事作法について

食事作法について書く。レストランなどで食事をするときには、いろいろ厄介なことがある。こんなことをしては笑われるのではないか、という気分になることもある。本当はそんな気分が出てくると、食欲は衰えるものなのだから、自分の家で自由に食事したほうがいい。しかし、やむなくレストランで食事をしなくてはいけない羽目に陥ることがある。

いまでも、私はレストランの作法についてはＡＢＣくらいしか知らない。あるいは、知っていても守る気になれないこともある。

たとえば、ある料理人曰く。

「タバコを喫う客を見ると、もうイヤになっちまう」

料理をうまく食おうとおもえば、デザートコースまで、タバコは我慢したほうがいいというくらいは、私も知っている。しかし、そういう言葉を聞くと、

「それほどの料理を、君の店は出しているのかい」

と、言いたくなる。

行きつけの日本料理屋で、タバコのことをたずねてみると、

「そうむつかしく考えることもないのですが、片手にタバコをもってフカしながら、料理を食べられるのはイヤですね」

という答えであった。

その気持は、分る。

このごろ一度だけ、食べ終るまでタバコを喫うのを忘れていたことがある。つまり、それだけ料理がうまかったわけで、料理の力がタバコに勝ったわけだ。それがどこのレストランかは秘密である。

中級クラスの街のレストランで食事するとき、レストラン側から見て眉をしかめたくなるような例を、編集部がいくつか調べてきてくれた。

コーヒー、スープ、ミニッツステーキ、と注文した客に、「コーヒーは最後のデザートですね」と聞き直したところ、「料理がくるまでに飲む」と返事をされると、眉をしかめたくなる、という。

しかし、これを昼飯であるとしよう。私の場合、仕事で半徹夜になり、朝睡《ねむ》いのを

起されて、病院に定期的な検査に行くことになる。時間がないので、水を一杯飲んでかけつける。検査が終って、近くのスナックへ行き、とりあえず、コーヒーで胃の腑《ふ》と目を覚まして、次の料理にとりかかる考え方だってできる。ま、こういうやり方は、スナック風ともいえるが。

郷《ごう》に入らば郷にしたがえで、あまり破格な振舞いをして、店の連中に目ひき袖ひき嘲笑されているのを感じると、食欲が衰えるから、こっちに言い分があるにしても避けたほうがいいかもしれない。

以前、やはり中級レストランで、まずチーズでワインを飲みたいと注文すると、若いボーイが不満顔で、「チーズは食後のものですよ」と言う。

そのくらい知っている。チーズはわが国の漬物に当るものなのだ。しかし、ウナギ屋で、ウナギが焼き上る長い時間、とりあえずウマイ漬物で一杯飲みながら待っているという手口だってある。

「分っているよ。だけどいまオレの胃袋はそうしたいんだから持ってこい」

というと、軽蔑の目ざしで、ふくれっ面をしながら持ってきた。やはりいささか食欲が衰えた。あまりルールにこだわらないでもらいたい、というのが私の意見である。

ただ、ある程度ルールを無視して自由に振舞うためには、実地と知識と、その店で気心が通じるというモトデをかける必要がある。私は馴染みの店は幾つかあるが、知識についてはチーズ程度のものである。

数年前、私は酒の本の翻訳にかかり切りになったことがある。これはなかなか面白い内容で、ワインやカクテルはもちろん、二日酔についてや、自分の家でパーティをやるとき（これは日本ではあまり習慣がないので、読みものとしての面白さである）費用をどうやったら安く上げるかにいたるまで（これも、倹約というより、考え方の面白さに重点がある）書いてある。

このごろのワイン・ブームについては苦々しくおもっている。なぜなら、わが国にはワインの伝統がないので、付け焼刃になる。これはコッケイである。しかし、酒の本を訳すとなると、その知識がなくては正確な訳はできない。いろいろ調べているうちに、すっかり、ワイン・スノッブになってしまった。

行きつけのレストランに行って、マスターに、

「おれは、いまや物凄いワイン・スノッブだぞ。ワイン・リストを見せてくれ」

というと、マスターは笑って、

「うちは、ワイン・リストは置いてませんよ」

「そんなら、とにかく白ワインからはじめよう。シャブリはあるか」

「シャブリもありますがね、あまりすすめられませんな。ロワール地方のプイィ・フュメというのを飲んでみませんか。アペリチフにもなりますよ」

白ワインがアペリチフになるものかな、とおもった。私はいつもシェリーの辛口を飲んでいる。

「それ、高いの」

「いや、バカ安《やす》」

と、マスターは答える。

この酒はうまかった。家へ帰って、その酒の本を見てみると、そのとおり書いてあった。翻訳しても、英語にかまけて、内容が十分頭に入っていない。

編集部で調べてくれたうちに、「ワイン・リストを示されたとき、値段のほうばかり見つめているのは、みっともない」という項目があった。それはたしかに、そうであろう。しかし、本場の人はワインの名前を見れば値段の見当はつくが、日本人はそうはいかない。ロマネ・コンティが五十万円とか聞くと、やはり値段が気になる。

もっとも、フランスでも、一般大衆は空瓶をもって、一本二百円くらいのワインを買って十分愉しんでいる、と聞く。こういう階層は、ワインの銘柄や値段については疎《うと》いかもしれない。しかし、伝統の強みがあるから、日本人よりはマシだろう。

私はワイン・リストを出されると、

「まず、値段のほうを見る」

と、ソムリエに言っておく。そうすれば、相手は笑って許してくれる。

ただし、この手口は、高級レストランでは使わないほうがいいだろう。

そもそも、高級レストランには、生れたときから家庭にコックがいて、いろいろのことが身についている人以外は、行ってもあまり意味がない。ネクタイは締めなくてはいけないし、いろいろ気になって自由に振舞えない。

食事はやはり気楽にたべるのが、一番愉快である。食事中のタブーとしては、声を大きくして喋ったり笑ったりしてはいけない、というのがあるが、これは食欲を減退させる。

馴染みの（というのは、そこの主人や職人と気の合っている店、そのためには気取らないことが第一である）鮨屋や小さいレストランや料理店へ行って、ほかの客に迷惑にならない程度に、シャレを言ったり笑ったりしているのが、私は一番好きである。

病気見舞ということ

私は病気見舞というのは嫌いである。相手が恢復期になっていて所在ないような場合には、出かけて行って世間話をするのも悪くはないが、相手が重病のときにはまことに気がすすまない。ところが、健康な病気知らずの人間に限って、こういうとき平気で見舞いに出かける傾向がある。

私のように病気擦れしていると、病気の具合が悪いときには、見舞いになぞ来てもらいたくない。口をきくのも億劫だし、見舞客にどうしても気を使うところがあるので、面倒くさい。だから、逆の立場になったとき、見舞いに行くことをためらう気持が強い。もっと積極的に、見舞いに行かないことが親切、という考え方さえ持つのである。だいたいにおいて、病気がちの人間には、そういう気持が強いようだ。

先日、市川雷蔵が三十七歳の若さで、肝臓癌で亡くなった。一度、素顔の雷蔵に会ったことがあるが、黒縁眼鏡をかけ平凡な感じをつくっていて、画面で見る凄艶な風

貌は見せぬようにしていた。その雷蔵が病床で、

「衰えた顔を、他人に見せたくない」

と言っていた、と聞く。

二枚目俳優としては当然の心得であり、二枚目でなくてもそういう気持はある筈だ、と私はおもう。

ところが、それが違う場合がある。当方がそういう諸々《もろもろ》の心使いのあげく、しぶしぶ一度は見舞いに行く。このときの見舞いの品というのが、また厄介である。リンゴとバナナの果物籠とか大きな花束などというのは、いかにも投げやりの間に合わせで、持ってゆく気になれない。嵩ばるものは、退院のとき荷物になるとおもって避ける。したがって、花ならばなるべく小さくまとまった趣味のいいものを探さなくてはならぬ。男の病人には、なるべくバカバカしいものを持ってゆくことにしている。以前、芦田伸介が胃潰瘍で入院していたときには、ドラキュラ貯金箱というのを持っていった。小さな箱の上に、百円玉を載せると、モーターが始動してやがて箱の中から青白い手がすうっと出てくる。その手が百円玉を摑むと、素早く引込んで箱の中に入れてしまう。芦田伸介は、これでほかの見舞客から大量の百円玉を稼いだようである。

こういう見舞いにはまだ面白いところがあるが、それにしても買物にかなり時間が

かかる。それが厄介だ。

一度見舞いに行って、もうこれでいいだろう、と考えていると、そうでない場合がある。正視するに耐えないほど衰えているので、行かないほうが親切と考えていると、恨まれる場合がある。癌で亡くなったT氏の場合がそうだった。恨まれたのはF君で、F君は病気のベテランなので、見舞いに行かない気持は私にはよく分かった。しかし、T氏は大いに恨み、裏切られたような気持になったようである。

こういうところが、まことに難しい。

そのとき、ふと感じたことがある。死病にかかっている人間は、自分がどんなに衰えた姿になっていようと、見舞ってもらいたがるのではあるまいか、と感じたのである。本人が死病と気が付いていないにしても、その人間の奥底からそういう欲求がしぜんと盛り上ってくるのではあるまいか。

そんな感想を持ったのだが、あまり気持のよい考えではないので、それ以上考えをすすめることを中止している。

病気見舞というのは、そこに本人がいるのだから、とやかく言っても無意味ではない。

葬式となると、これは遺族にたいしての義理のようなものであろう。私は死後の世界も霊魂も信じておらず、死ねば灰、とおもっているのでそういうことになる。ほかの人もだいたいそうおもっているだろう。もっとも、偉い人の場合、本人が死んだときより、夫人の葬式のほうが会葬者が多いというような話もある。こうなると、たしかに意味があるが、私とは無縁の世界の出来事である。

私の父親は、かねがね自分が死んだら灰にしてセスナ機から海の上に撒いてくれればよい、葬式の必要はない、と言っていた。しかし、実際に死なれてみるとやはり葬式はしたようで、会葬者も多かったそうである。長男の私が「そうである」とは、不可解とおもわれるかもしれないが、丁度そのとき私は腸チフスで隔離病院に入院していた。危篤に近い状態だったので、持ち直すまでは報らされなかった。

知ったときには、とっくに葬式が済んでいて、こんな有難いことはなかった、と今でもおもっている。肉親の死目には会いたくないもので、そのためには（私の父親のような場合は例外として）こちらがまず死ななくてはならず、それもあまり気が進まない。死目は我慢するとして、葬式という手数のかかる厄介で無意味なものは、なんとかならぬものか。

四十歳を過ぎてから、葬式に行く機会が目立って多くなった。ある夏などは、ほとんど連日という感じの時期があった。私は病弱なので、葬式へ行くと半日は使いものにならなくなる。うっかりすると、一日駄目である。まるで、死んだ人間のために生きているような気分になってきた。

以来、少々の不義理はあえて犯すことにきめている。なにもかも一切不義理ずくめにして、「あれはああいう人間だから仕方がない」と言われるようになりたいとおもうのだが、これはなかなかに難しい。

七つ数えろ

中村光夫氏が亡くなられたのは一九八八年である。その数年前、「発言したり返答するときには、まず七つ数えるようにしているんだ」と、私におっしゃったことがある。

戦闘的でその種のエピソードの多い中村さんの言葉としては、意外におもえた。それにしても、いつ頃からそのことを実行しておられたのだろう。これはやはり、晩年においてのこととおもえる。

その言葉を聞いて以来、私も見倣《みなら》うようにつとめている。しかし、反射的に意見を述べたり、発作的に発言するクセはなかなか直らない。その反射的な反応が、歪んだままで固まって、分っていながら動かなくなってしまう。そういうことが時折おこり、困った事態になる。

その上、忘れっぽくなっているので、「七つ数える」こと自体をしばしば忘れる。

先日、ある編集プロダクションから電話がかかってきて、こう言う。

「祖父のかたと妹さんの和子さんと三人一緒の写真がありますが……」

ただちに返事してしまう。

「そんな写真はありませんよ。そういう組合せはありえない」

「でも、ここにある本に出ていますが」

「そんなはずはない」

そう言ったが、本に出ているというのだから……、とおもい直し、

「何ページに出てますか」

と、その本をしらべた。まさしくそういう写真があって、恐れ入った。写真館でうつしたものと、一目で分る。わざわざ三人で出かけたものらしく、祖父は羽織袴で、私は五分刈りで学生服、襟章で中学（旧制）五年生と分る。妹は六歳くらい、昭和十六、七年の戦時中の写真である。父親は昭和十五年に死んでおり、私たちは東京に住み祖父は岡山市に住んでいたので、その取合せには架空の感じがあった。

ところで、電話の声は言う。

「この写真のネガをお持ちでしょうか」

これは、ちょっとした勘ちがいで、「七つ数えろ」とは言わない。それにしても、

写真館でうつしてもらった写真のネガを持つことは、ずいぶんと難しい。

気に入らぬ風もあろうに柳かな

腹の立つことが多いが、これは当然、私だけのことではない。生きている人間は、一日に幾度かは、そういう状態になるはずである。

気に入らないことがあったり、傷つくことがあったりすると、それが怒りに転化する。その時間が、私についていえば、子供の頃にはきわめてみじかかった。したがって、たちまち喧嘩になる。小学生の頃は、毎日のように殴り合いをしていて、それが日課のようになっていた。そういうことには不向きの体格なのだが、足をかけて相手を倒したりする。まわりが止めに入って、優勢勝のような形でおわることが多かった。

後年になって気付いたことだが、当時の子供の世界での喧嘩には、相撲の伝統が入りこんでいたようである。つまり、片方が一度でも倒れると、それで終りということになる。ボクシングの場合は、片方が決定的にダメージを受けるまでは続行で、そういう伝統になっていたら、私は毎日のように負けていただろう。

優勢勝がつづくので、あやまった自信を持ってしまって、クラス随一の強い男を相手にしたくなった。鋭く痩せた男にも強いのがいるが、この男は大きくて逞しい。小学五年生のときだったたか、体育館で喧嘩を売った。たちまちの間に床に倒されて、相手が馬乗りになった。ポカポカ殴られながら、「やはり、強いやつは、強いもんだな」と、感心したのを鮮やかに覚えている。

いつまでも、こんなことでは困ってしまうのだが、さいわい中学に入った頃から様子が変った。殴り合いは一切やらなくなり、口喧嘩もしなくなった。

社会人になってから、ますます温厚になり、怒らない男ということになっている。しかし、じつは「気に入らない」ということは、しばしば起っている。これは、その人の皮膚感覚とか生理に反射的に反発するもので、理屈ではない。だから、これが怒りに転化するのを防がなくてはならない。しかし、爆発寸前になることが、ときどき起る。そういうときに、「気に入らぬ風もあろうに柳かな」という言葉をおもい出すことにしている。

この言葉が、いつ何処で私の中に入ってきたのか、解らない。仙厓《せんがい》和尚のものであるのは確かだが、それがどういう人物だったのか、いま調べたがはっきりしない。おぼろげな記憶では臨済宗の画僧で、江戸末期の人ということになる。つまり、禅僧の発想であろう。

この言葉を思い出そうとすることは、心に余裕があるわけでもあって、だいたい効き目がある。

第四章　人物

荷風の三十分

小岩に、東京パレスという赤線地帯があった。坂口安吾が、『安吾巷談』で紹介し、二十四、五年頃が全盛であった。

殺風景な野原の中に、寄宿寮のような形の木造二階建の粗末な建物が五棟並んでいる。これが、すなわち娼家である。寄宿寮のようにみえるのは当り前で、これは時計工場「精工舎」の寮だった。セイコウ舎の寮がセイコウのための建物に変ったところが、趣きのあるところだ。

東京駅の前からバスに三十分乗って、二枚橋という停留所で降りる。あたりにあまり人家がないので「二枚橋」といって切符を買うとき、いささか面映《おもは》ゆい。ここに住んでいる女たちは、娼婦ではなくてダンサーだという触れこみでじじつダンスホールが付属していた。ダンサーと踊っていて、意気投合すれば女の部屋へ手をつないで行く段取りである。しかし、それは形ばかりのもので、大部分の女は、自分の部屋の前に立って、いわゆる張見世《はりみせ》をしている。遊客は、細い廊下を歩きながら品定めしてゆく。戦国時代にふさわしい粗末な建物で、ヨーカンを切ってゆくように、細長い建物がベニヤ板でいくつもの狭い部屋に仕切られている。その仕切りも、天井までは届いていないので、寝そべって上を向くと、隣りの部屋の天井が見える。枕もとに電気スタンドを置いてあったりすると、実物の何倍にも拡大されたあやしげな影が、天井に映し出されて、ゆらゆらと揺れることになる。もちろん、話し声や物音は筒抜けである。

ある夜、隣りの部屋から、大きな話し声が聞えてきた。

「あんた、商売なにしてんの」

「おれか、おれはいま運転手だ。いろんな商売をやってみたが、これが気楽で一番いいや」

「そうねえ、たくさん稼げるでしょうねえ」

「なかなかよい収入になるな」

そのうち、男の声が、こう言った。

「永井荷風が遊びにくるというじゃないか」

「そうよ、あたしは遊んだことはないけど、ときどきくるわよ」

「そうか、あれはおれの友だちだ。なかなか面白いじいさんだ。今度、おまえに紹介してやろうか」

市川に住んでいた荷風が、ときどき姿を現したのは事実のようだ。私は後日、荷風の相手をしたという女の部屋に上ったことがある。これは嘘《うそ》か本当か分らないが、その女のいうには、荷風は女のそばに軀《からだ》を横たえて、じっと抱きしめるのだそうだ。なにもしないでただじっと横になっていてきっかり三十分経つと立ち上って身支度する。そして、三百円置いて帰ったという。当時、一時間五百円、泊まって千円から千五百円が相場であった。

ところで、男の声はしだいに大言壮語しはじめた。

「しかし、なんだなあ。おれもいろんなことをやってみたが、もうみんなアキたね。ゼイタクも倦《あ》きたし、女も倦きた。あとに残っているのは、なんだな、政治だけだな。政治というのは、やってみると、なかなか面白いもんだ」

ベニヤ板の仕切りの、ボロボロの部屋での大言壮語なのだから、愛嬌がある。憎む気にはなれないのである。

三島事件当日の午後

大岡昇平氏が『俘虜記』『野火』などの作品を発表され、それを読んで感心していたころの私は、二十三、四歳だったろう。自分では文学青年ではないつもりだったが、そういう考え方をすること自体、生意気な文学青年だった証拠のようなもので、戦後に出てくる作品にたいして好悪が烈しかった。

つまり、自分の作品らしいものを持っていない青年にとって、大岡昇平氏の存在は仰ぎ見るという感じのもので、こういうとき師事しようとしたり接近を計ったりする青年が昔も今もいる。私はそのタイプではないので、私自身曲りなりにも小説家として認められるようになってからも、まったくおつき合いがなかった。近年、賞の選考会で同席することが年に何回かあるようになってからも、立ち話程度で一緒に酒を飲んだりしたこともない。

それに、たいへん怒りっぽい人で「怒りの大岡」とかいう異名があることを知っているので、ますます具合がわるい。数年前、まじめに意見を交換しなくてはならないある会合の席で、突然大岡さんが武田泰淳氏に怒鳴りはじめた。武田さんは笑いながら禅問答のような返事をしていた。私は大岡さんの怒りの原因が分らず、一段落したところで、

「大岡さん、なぜ怒ったのですか」

と、聞いてみると、氏は苦笑して返事が得られなかった。その後、ある人にその件について解説してもらうと、大岡さんと武田さんとは大そう親しくて、それは別にどうということもないことで、お互いの親愛感の確認のようなものだ、という分ったような分らないような話であった。

大岡さんは東京育ちで、私もそうだからある程度分るのだが、こまかく気を使うタチで、それが相手に通じなかったり誤解されたりすると苛立ってくる。私の場合は我慢してしまうが、大岡さんはそのとき怒るのだろう（これは、武田さんとの場合には当て嵌《はま》らない）という一つの推察が私の中で成立った。そのほかにも、筋の通らないことにたいしては、猛然と怒る、という話も聞いた。しかし、筋の立て方が、大岡さんと私と違う形になることも有り得るわけで、なにかスイッチの在り場所の分らない危険な爆発物を見るような気がして、あまり近づきたくない。

そういう大岡さんと、一つだけ共通の話題がある。いまではわが国のシャンソン界の母親役のようになっている水島早苗女史は、昭和初年には当時の代表的なモダン・ガール（モガと略して呼ばれていた）で、「ユーカリのヨッちゃん」として有名だった。ユーカリという酒場か喫茶店かに勤めていたことから出た愛称だったようだ。このヨッちゃんと私の若死した父親が親しくしていて、小学生のころからその名前を聞いていた。

この「ユーカリのヨッちゃん」と、大岡さんも知り合いだったようで、おそらく中原中也のことを調べられる必要からであろう、私に会うと、ときどき「彼女の住所を知らないか」という質問を受けた。戦後になって、私自身この水島早苗女史とは何回か会う機会があったが、かなり長い間会っていないので住所がよく分らない。それに、大岡さんの口調が世間話の調子だったので、

「調べれば分る筈です」

くらいの返事になった。

その話題が出て何年目かに、私の留守中に大岡さんから電話があって、「至急水島早苗の連絡先を調べてほしい」ということだった。翌朝、早速私は彼女の住所と電話番号を調べて、さて大岡さんに電話しようとしたとき、三島事件のニュースが入った。

大岡さんと三島さんは「鉢の木会」という会のメンバーだということは知っていたので、こういう際に電話するのは不適当だとおもった。しかし、私はへんに馬鹿正直なところがあって、「至急」という言葉にこだわった。どの程度至急なのか分らないのだから、この際速達でも出しておくのが穏当なのは分っているのだが、もしかすると「大至急」なのかもしれないともおもう。

判断に苦しんだが、結局電話をかけて、

「昨夜おたずねのユーカリのヨッちゃんの住所は、……うんぬん」

と伝えた。大岡さんは、

「それは、どうも有難う」

といわれ、私としては目下精しいことの分りつつある三島事件について触れないのもどうかとおもい、付け加えた。

「どうも、大変なことになりましたね」

大岡さんは、「そう」と言い、複雑な笑い声のようなもの（つまり笑い声ではないのかもしれない）を響かせて、それで電話が終った。

ああいう際に、別の用件で電話をかけてきた人間にたいして、大岡さんがどうおもわれたか、いまでも私には分らない。

文豪の娘について

文豪の娘たちは、父親についての回想的随筆をキッカケにして認められ、小説家になってゆく例が多い。たとえば、鷗外の娘森茉莉さんは『父の帽子』という随筆集、朔太郎の娘萩原葉子さんも、犀星の娘室生朝子さんも、和郎の娘広津桃子さん（この人の場合は、小説仕立てであるが）も、そうである。

私は、そのことがいけない、といっているわけではない。以前から、興味のある事柄だとおもっていた。

一方、文豪の息子は、父親の名前を出すことを極力拒否している。一人前の仕事をするようになってから、ようやく父について語りはじめる。たとえば、斎藤茂吉の息子北杜夫がそうである。私の亡父の吉行エイスケは、文豪からは程遠い存在で、文学青年に毛の生えたくらいのものであったが、昭和初年には華やかな存在であったらしい。当時の記録をみていると、いくつもの一流文芸誌の新年号に、二十二、三の若さで執筆している。

川端康成氏に認められたり、故伊藤整の回想録に「天才的存在であった」と書かれていたりしたことは、私が文学青年のころ知っていた。しかし、そういう縁にすがって、自分の原稿を売りこもうとしたことは、一度もない。逆に、敬遠気味になってしまって、私は川端さんのお宅へも伊藤さんのお宅へも伺ったことがなかった。

北杜夫もそうであるし、分野は違うが、芥川比呂志氏や也寸志氏もそうであろう。

「おれは、おれだ」

という、男の気概のようなものであるが、複雑微妙なところもある。しかし、父親の名でトクをすることを拒否するという態度であることには、間違いない。

だが、文豪の娘のほうに、父君の名を利用しようという気持がないことは、これもたしかなことで、それは文章を読めば分かる。ここらあたりも、私の興味を惹《ひ》いていたし、うまく解釈できないところでもあった。

文豪の娘たちの回想録は、例外なくおもしろい。晩年、家庭不和の情況に置かれた朔太郎が、二階の書斎にぽつんと座って、一人で手品の練習をしているのを、葉子さんが覗《のぞ》きみる場面がある。そのとき、朔太郎は、五本の指のあいだの四つの隙間《すきま》に、赤い玉が現れたり消えたりする手品を、繰返しおこなっていた、という。そういう朔太郎の淋《さび》しい姿に、私は胸を打たれた。

一方、文豪の息子たちは、父親のこういう姿を書こうとしても、データがないだろうとおもう。

先日、立原正秋と話をしていて、たまたま、その話題になった。

彼は、こういう意味のことを言った。

「一つには、父親には娘のほうが内ぶところに入ってくるのを許すところがあるが、息子にたいしてははね返す態度を取る」

これは、私にとって、コロンブスの卵であった。言われてみればそのとおりで、娘たちは素直に父親の記憶の中に入ってゆく。

繰返すが、私は文豪の息子という立場からは程遠いが、父親についての記憶の大部分は、罵《ののし》られたり、殴られたりしたもので、その微妙な体臭を嗅《か》いだという記憶はほとんどない。たとえ随筆に書こうとしても、面白いものが書ける材料が不足している。もっとも、仮にそういう材料をもっていたにしても、それを文学的出発にあたって文章にしてみようとは、おもわない。男の意地、といったものであろう。

永井龍男氏との縁

まず私自身のことからはじめるのだが、私が若いころカストリ雑誌の編集者をしていたとおもっている人が多いようである。それはそれでいいのだが、私の入社した新太陽社は『モダン日本』という戦前派には周知のしかるべき雑誌を出していた。もっとも、その瀟洒《しょうしゃ》な雑誌は戦後混乱期を生き延びることができなくて倒産し、また新雑誌をつくったりして、しだいに怪しげになってゆくのだが。

なぜ、こんな私ごとを長々と書くか、というには、わけがある。この社は菊池寛氏に可愛がられていた文藝春秋社の社員の馬海松氏が、同社で創刊した『モダン日本』をもらい受けて独立したものであって、社の幹部は文藝春秋社に関係の深い人が多かった。馬社長の代行をしていたのが、牧野信一の実弟の英二氏で、菊池寛の甥《おい》の武憲氏など、いろいろの人がいた。

そういう人たちと酒を飲んでいて、しだいに酔ってくると、そのうちの誰かが私の

ことを、

「君は将来、永井龍男のようになるな」

と言い、

「いや、菅忠雄のほうに似ている」

と、ほかの誰かが言う。

そういう言葉を何度も聞いた。

昭和二十年代のことで、永井龍男氏は小説家で、以前『オール讀物』の名編集長だったという知識はあったが、菅忠雄とはどういう人か知らなかった。

漫画集団の人たちにも、「永井さんに似ている」と何度も言われた。この場合は、私が小説を書いていることを知らない上でのことであるが。

こういうことは、永井さんは初耳であろう。いずれにせよ、「将来、永井龍男のようになる」ということは、夢物語のようなものであった。

その後、四分の一世紀経って、その永井龍男氏と芥川賞の選考会場で同席するようになろうとは、まったく不可思議なことが起るものだ。

数年後、永井さんは芥川賞委員を辞任された。その理由の一部に、村上龍、池田満寿夫の受賞にたいする不満があった。私はその二人を推す側だったので、永井さんの癇癪玉《かんしやくだま》が私の上で破裂するかとおもっていたが、さいわいそういうことはなかった。

いまでも、川端康成文学賞の選考会の席でお会いする。この賞は今年（昭和五十六年）で八回目だが、賞をきめるまでに二回集まり、いつも永井さんと向い合せで座ることになっている。

そして、選考が終ってからの永井さんの座談がおもしろい。そのころは、微醺《びくん》を帯びておられるわけだが。

ある年の話に、こういうのがあった。「不如帰《ほととぎす》」を芝居にしたものを得意の出物《だしもの》にしている劇団があって、その芝居で船頭の役をしている男がいた。武男と浪子、逗子の海岸での別れの場で、武男を乗せて岸を離れてゆく舟の櫓《ろ》をあやつる船頭の役である。

あるとき、その男が武男役に抜擢《ばってき》されることになった。いやだ、と断ったが、許してもらえない。

男は舞台の袖にうずくまって、出を待っていたものの、そのまま逃げ出して行方不明になってしまった、という。

こう書いてみたものの、甚だ心もとない。なにせ名人の芸談のようなものであるから、永井さんの口跡を正しく写すことはできないし、このごろ記憶力に自信がないので肝心の話の筋道自体もあやしいが、含みの多い面白いはなしである。

この話を書いているとき、不意に思い出したことがある。もう十数年前になるが、永井龍男、大岡昇平両氏と阿川弘之と私とで、わざわざ日をきめてマージャンをしたことがある。当時両氏にたいして私は面識のある程度だったのだが、阿川が大岡さんとマージャンの話をしているうち一戦交えることになり、私が狩り出されたという成行だったとおもう。

私たちのマージャンの溜り場が赤坂にあるが、そこで昼間二チャンほどやって終りになり、酒を飲みに行った記憶もない。勝負は阿川と私とがすこし負けたようにおもうが、すべてが朧《おぼろ》げで白昼夢に似ている。一つだけはっきり覚えているのは、マージャン台の白い布に折り目ができていて、それがたまたま永井さんの前に存在していた。永井さんはしきりにそれを気にされていたが、ついにゲームを中断して、牌をいったん片づけ、布にアイロンを当てることを命じられた。

その永井さんの振舞は、神経質というよりも、「マージャン台の布たるものが、たたみ目があるのは許しがたい。それはすでにマージャン台の布たる資格を失なっている」という主張として、私の印象に残っている。

もう一つ、川端賞の第一次選考は、丁度蚕豆《そらまめ》の出はじめる季節に当っている。毎年、永井さんは蚕豆のおかわりを要求され、店のほうも心得て大きな丼に入れて出してくる。私も初ものの蚕豆は大好きであるから、その余禄にあずかっている。

今年の春は、永井さんは健康をそこねられて、選考会に欠席された。はやく恢くなられ、来年は一緒にたくさん蚕豆を食べたいものである。

「件」のはなし

内田百閒は、昭和二十年五月二十五日の東京大空襲で、麴町区五番町の家を焼かれた。同じ日、同区同町の十番地ちがいに住んでいた私も、同じように家を焼かれた。ただし、私は内田百閒という作家の存在自体を知らなかった。もう大学生になっていたのだから、迂闊《うかつ》なことである。

家を焼かれたあと、郊外の叔父の家に私一人だけ居候をすることになった。この叔父の連れ合い、つまり叔母が熱狂的な百閒ファンで本を貸してくれた。百鬼園随筆の系統ばかりだったが、そのおもしろさに一驚した。

終戦後はやたらに慌しくて、内田百閒の戦前の作品まで手がまわらなかったが、雑誌発表のものはだいたい読んだ。新刊本も、昭和四十六年の『日没閉門』まで、眼に触れれば買っておいた。ただ、「冥途」の系統の作品群を読んだのは、だいぶ後になってからである。これも、迂闊なことだった。

先年、平山三郎『詩琴酒の人』(昭和五十四年)を拾い読みしてみると、こういう部分が眼についた。

「(昭和)十四年一月頃の事と思はれるが、長年の親しい友人だつた佐藤春夫と交際を断つた。杉並区方南町に別居してゐる長女の結婚の話があつてまとまつたところ、その媒酌を佐藤春夫が引受けたと通知されたので百閒は激怒した。父親に何の相談もしないで佐藤に頼むとは何事か、また引受ける佐藤も佐藤だと云ふので、小石川関口町の佐藤慵斎居に行き、「爾今、絶交する」と宣言したといふのだ」

これには、驚いた。こういうことは、何にも知らなかった。

内田百閒が借金取りに苦しめられる話は有名だが、遊蕩癖のある人ともおもえない。陸軍と海軍の学校の教官をしている上に、法政大学の教授でもある。なぜそんなに金が足らないのか、かねがね不思議におもっていたが、二つのカマドを持っていたためだろうか。

その後、伊藤隆史・坂本弘子『百鬼園残夢』(昭和六十年)が出て、三女菊美さんの側からもその事情がすこしあきらかになった。

ただ、私としては平山さんの文章に接したときの驚きが最も烈しくて、そのあとはそういう事情に関しては億劫な気分が強くなった。

その替りに、気にかかりはじめたのは、「件《くだん》」のことである。「件」については、川村二郎が『内田百閒論』（昭和五十八年）のなかで、「牛人伝説」という章を設けて鋭く分析している。私が書くことは、その論に異を立てるものではなく、いや、異を立てることにすらならない事柄なのである。

岡山駅前の市電ターミナルの近くに、横長の大きな広告看板があった。痔の民間薬の広告のようで、大きく「ぢ」という文字があり、看板一杯に人間の顔をした牛が描いてあった。その絵と字体がなんともいえず古くさく、救いようのない暗さである。鍼《はり》のツボを示す人型の絵にこういうのがあって、牛人（件）は輪郭だけで描かれている。男ともつかず女ともつかず、大人とも子供とも判別ができず、頭も輪郭だけだから坊主頭の気の弱い少年のようにもみえる。顔は薄笑いのようにもみえるし、途方にくれているようにもみえる。痔を治すという責任に耐えかねているようでもある。

両親とも代々岡山の家系だが、私は昭和三年から東京で育った。しかし、駅前ターミナルから市電で二つ目の駅の近くに、祖父や叔父が住んでいたので、しばしば帰郷してときには長逗留になった。そのたびに、この看板を見るのだが、その度になにか途方にくれる気分が起る。烏城《うじよう》や後楽園の近くで育って、第六高等学校生徒であった内田百閒も、当然この看板を見ていた筈である。

岡山空襲のあとは、この看板はない……。いや、看板自体が私の幻覚ではなかろうか、と心もとなくなってきた。調べてもらうと、たしかに戦前戦中にはそういう看板が存在していたそうである。

「件の話は子供の折に聞いた事はあるけれども、自分がその件にならうとは思ひもよらなかつた。からだが牛で顔丈《だけ》人間の浅間しい化物に生まれて、こんな所にぼんやり立つてゐる」

「件は生まれて三日にして死し、その間に人間の言葉で、未来の凶福を予言するものだと云ふ話を聞いてゐる。こんなものに生まれて、何時迄生きてゐても仕方がないから、三日で死ぬのは構はないけれども、予言するのは困ると思つた。第一何を予言するんだか見当もつかない」

夜が明けると、何千何万もの人間が、件を遠巻きにした。件の予言を待つのである。逃げだしたくなるのだが、そのスキがない。困って、水を飲んだり、横を向いたりするが、その一つ一つに人々は意味を見付けようとして、ざわめく。

件はいつまでも黙っている。群衆は苛立ち怯えて、件が余程大変なことを言い出しそうな気になってくる。

「いいにつけ、悪いにつけ、予言は聴かない方がいい。何も云はないうちに、早くあの件を殺してしまへ」

という声が、群衆の中から飛んだ。

「その声を聞いて私（件）は吃驚した。殺されては堪らないと思ふと同時に、その声はたしかに私の生み遺した倅の声に違ひない」

ここで、また詮索に戻ってしまうところが困るのだが、「件」は大正九年百閒三十一歳のときの作品である。初恋の人と結婚したのが大正元年、翌年長男が生れている。妻との不和が書かれているのは大正十一年だが、そこに「永い間の心労」という文字がある。大正九年の頃に、すでに将来別居の予感があったかどうか。

「件」を書いたとき、長男のことが頭にあったかどうか。心労の投影と牛人を描いた広告板の投影とが、作品にあったかどうか。

もっとも、それが分ったからといって、どうということもない。「件」のこぼればなし、といったところである。

川崎長太郎さんのこと

川崎長太郎氏との初対面は、昭和三十二、三年だったか、場所はおそらく野間文芸賞のパーティ会場だとおもう。

まだ赤線地帯というものがあって、川崎さんも私もその地域にそれぞれの流儀で深くかかわっていた。川崎さんとは親子くらい年は違うし、作風も違うから、私としてはその人柄にたいしての親愛感が主なものだった。

その頃には、娼婦のことを書く小説家はあまりいなくなっていた。そこで、川崎さんと私との初対面に、興味の眼を向けていた人たちもいたようだ。そのあとに出たゴシップ記事には、「英雄、英雄ヲ知ル」という言葉があったりした。

そのときから二十五年ほど経って、『文藝』編集部から川崎さんとの対談の話があった。昭和五十六年春のことで、その二十年近く前から川崎さんは半身が不自由になっておられたが、やる気十分とのことだった。一方、私はというと体調が不安定で、大きなエネルギーを必要とするこういう対談には不適当のため、日延べをしてもらった。

春は過ぎてしまったが、八月に箱根湯本の旅館で対談をすることになった。私の家は東名高速道路の近くにあるので、平素なら一時間余りで目的地に着くのだが、夏休みの時期はそうはいかない、いったん新宿まで出て、小田急に乗ったので、四時間ほどかかった。なぜこんなことを書くかといえば、「川崎さんに会うのは、今日が最後だろう、遠まわりしても行かなくてはなるまい」という気持になっていたのを思い出したからだ。

定刻ぎりぎりに旅館に着き、廊下を歩き、階段を昇り、また長い廊下を歩いた。足もとが危い川崎さんにとって、ずいぶん不便な部屋をとったものだ。もっとも、馴染の旅館だそうだから、川崎さん指定の部屋だったのかもしれない。

その部屋には、すでに夫人に付添われて川崎さんが畳の上に座っておられ、お元気そうだった。左耳が難聴ということで、私は右側に座り、さっそく話がはじまった。

この対談は、『文藝』の昭和五十六年十月号に掲載され、また昭和五十八年九月発行の川崎長太郎著『夕映え』の巻末に収録されている。短篇集に収録になったのは気に入った対談だったのだろうか。

「今日は、納涼閑談会ということにしましょう」

と、川崎さんは言ったが、話はたちまち戦闘的になってきた。すこし前に、私は『夕暮まで』を書いて、それがベストセラーになったりしていた。「ひとつ、この若僧をとっちめてやろう」とおもっている気配で、「つくった小説」と「わたくし小説」とどちらが人を動かすか、などということを弁じられた。ときどき、「吉行君」という呼びかけが、「吉行センセイ」と変り、いじめの気配が出てきた。

吉行　まいったな（笑）。
川崎　え？
吉行　まいったな、と言ったんですけれど。

こういうやりとりも、出てきている。しかし、座が白けることもトゲトゲしくなることもなかった。川崎長太郎が私は好きであったし、川崎さんのほうも私を認めての上の発言だと思った。

有名な「抹香町もの」は、五十過ぎて独身の主人公が、毎日のように「だるま食堂」へ行ってちらし鮨を食い、抹香町と呼ばれる赤線地帯へ足を向ける小説である。娼婦と寝た主人公は、しばしば不如意になって閉口するという塩梅式《あんばいしき》の作品である。

この「塩梅式」という言葉の使い方や、主人公が時折洩らす「ケッケ」とか「カッカッ」という自嘲の混った笑い声が絶妙であった。

こういう作品を書いた川崎さんには、いじめられても仕方がない、と私はおもったし、反駁《はんばく》して文学論になるのも避けたかった。要するに、川崎長太郎はますます頑固になり、自分の文学観についても一歩も譲らぬという姿勢になり、これは好もしいことだった。

川崎さんの舌鋒はますます冴えて、永井荷風批判をしたり、あるいは機嫌よく秘話を語ったりした。

川崎　あのね、吉行君。いままで筆にしたことのない、恥さらしの話があるんです。中学一年で退校しちゃったでしょう。図書館の本を破って持ってきちゃって、見つかっちゃってね、中学に申告された。

吉行　追い出されたわけですね。

川崎　中学だけでなく、家も追い出されかかった。田山花袋のところへ行って、書生になろうと思った。愛読者ですから、『文章世界』の。面会謝絶だった。代々木山谷のね、門のある立派な家でしたけど、玄関へ入っていかれないんだ。御用聞きみたいに台所口に立っているんです。情けないよ。
吉行　それでどうなりました。
川崎　そこへ立っていると、炭屋が炭俵を引っ張ってきた。そうしたら奥さんがはじめて出てきましたね。私、炭屋が炭俵をどこかへ運ぶの手伝うんですね。それではじめて丸髷《まるまげ》の奥さんがちょっとものを言いましたけどね、取り次いでくれなかったです。
吉行　自分がこうしたいということは、おっしゃったのですか。
川崎　先生に面会したいという申し込みの下心は、書生に、ですね。……まあ、いいや、これも筆にしたことがないんですよ。

二時間くらいの対談が終った。窓の傍にテーブルを挟んで、二つの椅子が向い合っていた。川崎さんが席をそちらに移したので、私ももう一つの椅子に移った。

やがて、川崎さんの呟く声が私の耳に届いてきた。

「ああ、今日はよかったなあ」

そして、私に話しかけてきた。

「あの道を見てごらんなさい」

かなり離れた山の中腹に、鋪装された道が見えている。

「あれは、昔はもっと細い道でね、毎日のように天秤棒《てんびんぼう》を担いで登ったり降りたりしたものですよ」

家業の魚屋を手伝っていたときのことと察しながら、感慨ぶかげな川崎さんの横顔を眺めていた。

さて、この部屋で別れの挨拶をして、それで解散になったのだが、このあと起ったことが自分でもよく理解できない。おそらく頭がひどく疲れたせいだとおもうのだが。川崎さんの不自由な歩き方を見ないほうがいいとおもって、しばらく時間を置いて部屋を出た。下り勾配の長い廊下にはもう姿が見えないので、そのまま歩いて行くと、階段を降りてゆく川崎さんの姿が見えてきた。私たちとの間は、まだずいぶん離れていた。降り切ろうとするところで、足がもつれたのか、川崎さんが転がるように倒れた。夫人に抱え起されながら、川崎さんはするどく首をまわして、私たちのほうを見た。

その瞬間、川崎長太郎の顔が、私の中から転がり落ちてしまった。帰り途に何度も試みてみるのだが、その顔は戻ってこず、どんな顔だったか思い出せない。

それが何日か続いて、ようやく元に復した。いまは、眼の前にその顔は鮮かに出てくる。

昭和二十三年の澁澤龍彦

古い名刺を調べていると、「モダン日本記者　澁澤龍雄」というのが出てきた。

「そうだった、あのころ毎日のように一緒に酒を飲んでいたのは澁澤龍雄で、龍彦はまだ存在していなかった」

と久しぶりに思い出した。

昭和二十二年秋、三年間在籍した東大英文科を中退して、私は『モダン日本』を出している新太陽社の新雑誌『アンサーズ』の編集長として迎えられた。この頃の社はまだ勢いがよかったが、私の能力を過大評価したようで、これがケチのつきはじめ、しだいに下降線をたどりはじめた。

二十三年春、浦和高校文科を卒業して東大仏文科の入学に失敗した澁澤龍雄は、浪人のあいだ新太陽社でアルバイトをすることになった。そして、『アンサーズ』に配属されたから、吉行編集長の部下になったわけだ。彼はいつまでも異様に若かったから、いつ会ってもその頃と変らないようにみえたし、声の嗄れ方も同じだった。

当時、私は二十四、彼は二十で、その年代の四歳の差は大きい。しかし、彼は早熟で頭が良く、話が合った。もっとも、話といっても、文学の話はしなかった。ここのところを澁澤龍彥は後年「終戦後三年目……」という私についてのエッセイに、「つとめて文学の話を避けていたが、これも彼一流のストイシズムあるいはダンディズムといったものだったろう」と書いている。

その年が終りかかるころ、私の作品「藁婚式」が文芸誌で活字になった。これをキッカケに、私たちは文学の話をするようになった。

澁澤龍雄は気を許したとみえて、五十枚ほどの小説を私に渡し、読んでくれ、と言った。それが処女作かどうかも、タイトルも、内容も忘れてしまったが、読んだ印象は悪くなかった。習作の域のものだが、才能を感じた。男と女がいて、男が樽の蓋を取る。中に小さな虫がぎっしり詰まっていて、うごめいている。女が怯える……。

そういう細部だけを、覚えている。サディズムの気配の濃い作品で、いささか意外だった。平素のつき合いでは、そういう気配は感じられなかった。むしろ、人並みにロマンチックで、女性にたいしては初心《うぶ》で不馴れで、ほほえましいくらいのところがあった。

この作品は、たぶん活字になっていないだろう。仮に活字になっていたにしても、恥ずかしいものではあるまい。誰か、私のほかに読んだ人がいるだろうか。私は澁澤龍雄に読後感を率直に言ったが、それは苦い言葉ではなかった筈だ。

昭和二十二〜三年の『モダン日本』には、久生十蘭が「だいこん」という小説を連載していたが、有名な遅筆の上に千葉県の銚子に住んでいたので、担当編集者は難渋していた。澁澤龍雄もときには手伝って、銚子まで出かけていた。その久生十蘭が転宅することになったのだが、社の編集局長が鎌倉材木座に古い大きな家を見付けてきた。

局長は久生十蘭をこの上なく尊敬していて、編集員一同その家の大掃除をやらされた。私も久生十蘭は好きだったが、板がささくれ立って埃だらけの廊下の雑巾がけを局長に命じられて、いささかなさけなかった。久生十蘭は私たちをねぎらってくれて、そのあと酒盛りになった。

澁澤龍雄はというと、その家を見つけそこなって長い時間迷い、丁度宴会がはじまったとき到着した。

「掃除をしないで済んで、運のいいやつだ」

と、内心そうおもった記憶がある。

こうやって思い出してゆくとキリがないが、この原稿を書いているのは、昭和六十二年八月七日、鎌倉東慶寺で澁澤龍彦の葬儀がある日だ。じつは、私はいま肝臓にトラブルがあって外出できないので、そのかわりに追悼の文章を書くことにした。たまたま、この日配達された書物の一つに、『昭和文学全集23』があった。その月報に、「昭和文学よもやま9『モダン日本』を繰りながら」(鈴木貞美)という文章があって、その末尾が澁澤の文章の引用で終っていた。ふしぎな偶然なので、それをここに引き写す。

「昭和二十三年十月号の『編集室から』にこんな文章がみえる。

平手で蚊をピシャリピシャリやり乍ら原稿用紙を睨んでる作家先生と僕。『君、もう寝給え、僕も寝るよ』『でも明日までに是非』『徹夜するのかい?』『はあ』『そりゃ感心な編集者だ。出来れば僕も一緒に起きていてやりたいが眠くてね、じゃお先に……。』(澁澤龍雄)

アルバイトで編集を手伝っていた学生時代の澁澤龍彦の文章にちがいない。」

そして、ここに出てくる「作家先生」は、久生十蘭にちがいあるまい。

色川武大追悼

色川武大とのつき合いにおいて、最初から最後まで「知ってびっくり」ということがかさなった。

五年前に亡くなった藤原審爾と、一時期しばしば麻雀をしていたことがある。昭和三十四、五年の頃、メンバーが一人足りないとき、藤原が若い男を連れてきて、

「これ、色川というんだ」

と紹介して、あとは何も言わない。

「中学の同級生に色川というのがいたが、珍しい名だね」

ここの会話が、へんに記憶に残っている。

「自分は頭がやたらに大きい異相だったので、それがモトで小学生の頃から内向的になり、はみ出してしまった」という意味のことを、色川武大は書いている。しかし、そのときは痩せた色の黒い無口な男だな、とおもっただけだった。

そういうつき合いがつづいているうちに、昭和三十六年に「黒い布」という作品が、中央公論新人賞を受けた。「小説を書いている男だったのか」と、そのときはじめて知って、その作品を読んでみると、なかなかの佳品だった。ただ、むしろ楷書風で、後年のものとはかなり作風がちがう。

この原稿を書くに当って、本人自作の年譜（小学館版『昭和文学全集31』）を調べてみると、筋のとおった文学青年の時期がある。昭和二十八年（二十四歳）のころから、庄司總一たちの「新表現」や有馬頼義たちの「文学生活」に入ったり、同人雑誌「握手」をやったりしている。一方、生活費かせぎに変名で娯楽小説を百篇あまり書いたという。「黒い布」のあとは、なにも書かない。舟橋聖一主宰のキアラの会編集の「風景」という小冊子があって、昭和三十八年には無給編集長をやらされていたので、色川武大に一作書いてもらった。「蒼」という短篇で、これはこれで良かったが、散文詩に近い作品だった。

こういうことも、「知ってびっくり」の一つだが、もっと大きなものは、知らないまま進行していた。すなわち、麻雀のことである。藤原審爾の雀豪としての名は高く、その腕前についてのいろいろの伝説が残っている。私は戦争中から、警防団に怒られながら打っていたが、下手の横好きの麻雀である。色川武大と卓を囲んでいても、なにも悟らなかった。ただ、けっして負けずにすこしだけ勝つ、ということをつづけているので、なにかヘンだなとは感じていた。

四十四年に、『週刊大衆』に阿佐田哲也「麻雀放浪記」が連載になり、評判になった。読んでみると面白いのを通り越して、素晴らしいエンターテインメントだった。麻雀をあまり知らない読者にたいしても、十分に通用する。当時の柳橋編集長にそのことを言うと、「あれは、匿名の作者です」と言った。

そのとき「あ、それは色川武大だ」と確信した。なにかヘンだな、という感じが甦ったのである。それでは、私たちと何年にもわたって打った麻雀はなんだったのか。藤原審爾はふところの深い人物で、色川武大は私淑しているところがあった。藤原の影響もあるのかどうか、似たタイプになってきていた。たとえば、夢を喰うといわれる獏が夢を見て、ボーッとした顔をしているようなところがある。また、二人とも笑顔千両であった。

「あの頃は、ぼんやりと麻雀を打っていた」

と、後年、色川武大は言っていたそうだ。

私も何度か藤原の雀力について質問してみたが、露骨には言わないにしても、「旦那芸としては一流である」というあたりが結論だった。私淑している相手といえども、こと麻雀となるとキビシイのである。さりとて、そういう場で大きく勝つわけにもいかず、すこしだけ勝っておこうというあたりに、プロの腕前を使っていたらしい。『麻雀放浪記』の頃、色川武大との対談に引張り出された。当然、「阿佐田さん」と呼ぶことになる。仕事が終ったとき、

「阿佐田さん、と呼ばれたときには、ギョッとしましたよ」

と、私に言った。

色川武大としての小説について、志があったわけだ。

そのあと五年間、阿佐田哲也の作品がつづき、四十九年から色川武大の名で短篇連作「怪しい来客簿」を『話の特集』に載せはじめた。これは、私の最も好きな作品である。

久しぶりの色川武大名義の作品の出現はめでたかったのだが、五十一年に不意に胆石で倒れた。一時は危篤だったが、病院を移って再手術し、助かった。その頃、病院にいる色川武大から電話がかかってきて、用件のあるような無いような口ぶりだった。かなりあとになって、「あのときは死ぬとおもったんで、幾人かの人に電話しました」と言っていた。

入院の翌年からにわかに執筆量が増え、死の直前まで行った人物とはおもえないほ

どだ。『怪しい来客簿』が単行本になったところからはじまって、『離婚』、『百』、『狂人日記』と秀作がつづき、それぞれ文学賞を受賞した。

色川武大には、突如睡魔に襲われるという子供のときからの持病があった。それは、数秒で元に戻ったり、そのまま眠りこんだりしていたが、その間に奇怪な幻影を見るのだそうだ。それがナルコレプシーという奇病だということは、『怪しい来客簿』の頃にわかったが、原因も治療法も不明だそうだ。近年も、大会麻雀で対面《トイメン》同士になって打っていると、色川武大の腕の動きがギクシャクしはじめて、ロボットみたいになった。

そして、顔を上げると泣いたような眼になって、私を見た。いや、おそらくなにか異様な幻覚を見たのだろう。

「ちょっと、顔を洗ってきます」

と、立上ると、洗面所のほうへ行った。

この三年間、私は病気が幾つもかさなっていて、街に出ることができない。それまでは、銀座にある地下室のバー「まり花」へ行くと、しばしば色川武大に会うことができた。会って、とりとめのない雑談をして、それだけで私は愉快だった。

元号が改って、その二月十八日に色川武大の予告なしの訪問を受けた。スケジュール表のその日に、「色川来ル」とメモがある。二十年ほど前から、私は訪問することもされることもあまり好まなくなり、彼が訪れてくるのも初めてだった。

色川武大は大きな紙袋を提げていて、大国主神《おおくにぬしのみこと》のようだった。その袋から、三鞭丸のアンプルやロイヤルゼリーやそのほか漢方系の元気の出る薬を一山、テーブルの上に積み上げた。そして、これから結城（昌治）さんの家に行く、と言った。袋の中身は半分残っていて、それを届けるのだという。

こういうことは偶然に過ぎない筈だが、いまにしておもうと、袋を提げて歩き出した色川武大は、ちょっと立止った。そして、「ま、これでいいか」と呟いて、巨体を揺らして立去ったような気になってくる。

それが、色川武大を見た最後である。

窮死した詩人との出合い

「湖への旅」という僕の作品のなかで、ある老詩人との交渉についての部分が少し出てくる。乞食のような風体をした奇行のその詩人を、僕は文中「Tさん」と名付けておいた。すると、その後二、三の人から、「あのTというのは高橋新吉のことか」という質問を受けた。

僕の敬愛する高橋さんにとっては、あるいは迷惑な誤解であるかもしれぬ。Tさんとは、じつは辻潤氏のことだ。といえば語弊があり、作品の中のTさんはあくまで「Tさん」で他の何者でもないが、その母胎になった人物は辻潤氏なのである。そこで、実際の辻潤氏との交渉について少し書いてみたいとおもう。

辻氏と僕とがかかわりを持ったのは、ごく僅かの期間だが、僕にとってずいぶん印象的な出来事だった。昭和十八年、僕は静岡高校の二年生だったが、学校が面白くないので仮病をつかって休学し東京の家でぶらぶらしていたときのことである。辻氏はたしか戦争末期に地方の小都市で窮死されたと聞いているから、その少し前のことになる。

　氏がはじめて僕の家へ現れたのは、その年のはじめの寒い日だった。夕方、玄関で母の名前を連呼する大声が聞えたかとおもうと、次の瞬間には見知らぬ老人が茶の間の入口に立っていた。掘炬燵に入って本を読んでいた僕と視線が会うと、氏は、するすると炬燵へ入りこんでしまったのである。

　穴だらけの汚れた羽織を着て、尺八を脇差のように帯に挿んでいる異様な恰好だ。氏の名前を僕は勿論知っていた。「ですぺら」の著者にふさわしい感じの詩人だとおもったわけだが、意外だったのは、ときどき氏は他人の顔色をうかがうような厭な眼つきをすることだ。プライドを失った卑しいともいえる眼つきである。そういう眼つきは、たとえば氏が懐中から皺になった紙片を取出して、「いいかオレの作品だ、よく聞け」と威張った態度で朗読しはじめているうちに、チラリと現れたりする。氏はしばしば傲岸不遜な態度で、小銭をよこせと僕に要求するが、そんなときにもその眼つきはチラリと現れた。

　そういう氏を僕は情ないともおもい、迷惑だともおもうのだが、やはり好きにおもう気持の方が強い。そんな僕の気持を氏も見抜いていて、「おまえはなかなかハナせる。ちょっと一緒に散歩しよう」などという。ところで氏と散歩したときは大変だった。犬が氏の姿をみて吠えついてくるのである。氏は、「おい君、あそこを歩いているおネエチャンから一銭貰ってみせようか」といい、尺八を構えて人の顔色を横目でうかがった。僕は内心閉口していたが、平気な素振りをつづけていると、氏はそのまま尺八を下して一銭貰うのはやめてしまった。

あるとき氏は自筆の書をもってきた。自作の詩を自分で書いたもので、見ごとな筆蹟だ。その詩の文句を、僕は不思議にいまでも覚えているが、それは「港は暮れてルンペンの、のぼせ上ったたくらみは、藁で縛った乾がれい、犬に喰わせて酒を呑む」というのである。その書を僕に買え、というわけだ。僕はあまりしばしばのことなので少々うんざりして、わざと五十銭白銅を一枚だけ黙って差出した。氏に動揺の気配があったが、そのまま黙ってその書を置いて帰った。間もなく玄関で訪れる声がする。出てみると氏で、「さっきのは、あまり安すぎる。もう少しよこせ」と掌を差出すのだ。僕は、このとき氏にたいして複雑な親愛感を持った。

数日経って、その話を詩人と称する友人にしたところ、「僕だったら、最初から持っている金を全部辻さんにあげてしまうんだがな」と抒情的な口吻で言った。僕は「なんて感傷的なたわいのない奴なんだろう」と腹の中で呟いたものだ。

その書は、僕の家が空襲で焼失したとき、一緒に焼けてしまった。惜しいことをしたとおもっている。

前記の作品の中のTさんの行動は、これとは幾分違って描いてあるが、この作品を読んだ詩人飯島耕一が僕にこう言った。

「日本の詩人、というとこういう風に描かれてしまうから困る。しかし、こうではないと言い切れないのだから口惜しいよ」

貧窮や苦痛の生活の中から生れた日本の私小説には、なまじの詩よりも、より一層詩的なものが多いという説と考え合わせて、なかなか興味深かった。ここらあたり、簡単には片付けられぬ問題が含まれているとおもう。

実感的十返肇論

十返肇《とがえりはじめ》は、昭和三十八年八月二十八日午前二時十二分、国立がんセンターの病室で死去した。四十九歳、若死である。病の進み方が奔馬性といえるほど速く、全身、癌で犯されていたことが解剖の結果わかった。唯、肝臓だけには癌が認められなかったと聞く。

四月末、舌のできものを切り取るとかで慶応病院に十返さんが入院したとき、厭な予感があった。慶応病院へは二度見舞いに行ったが、口がきけなくて筆談ながら、十返さんはまだ元気だった。もっとも、二度目に行ったときにはかなり憔悴の色がみえ、辛い気持だった。十返さんは窓からみえる新宿の温泉マークのネオンを指さして、「あれが気にかかる」という道化た素振りをしたが、それは見舞客の気持をやわらげるサービスとも取れて、私は一層ツラい気持になった。

以来、私は見舞いに行っていない。一つには、私自身の大患のときの体験から推し測って、憔悴した姿を見られたくないのではあるまいか、見舞客が負担になりはしまいか、とおもったためでもある。しかし、後日聞くところによると、十返さん自身は見舞客のくることを喜んでいたようだ。

七月のある夜のこと、新宿のバーへ行くと、マダムの新藤凉子さんが、いま十返さんを見舞ってきたところだ、という。凉子さんがフランスへ出発する前で十返さんは餞別の金を容れた封筒を前にして、片手で頭をかかえて長い時間じっとしていた。そして、ようやく筆を持って、「志」と書いた、という。その時期には、はげしい頭痛が十返さんを襲うようになっていた。

「おい、それはいけないね。志、とは香典がえしのとき書く字だよ」

と私が言うと、新藤凉子はにわかに泣き出して、

「そうなのよ、だから……」

そう言われて、私はギクリとした。「志」という文字の使い方を、十返さんが失念したのではないか、とも私は考えていたのである。私は、見舞いに行こうか行くまいか、と改めて迷い、結局、行かないことにした。一度、十返さんが元通りの元気な顔で動きまわっている夢を見たことがある。

八月二十八日の夜九時頃、がんセンターから梶山季之が電話をくれた。危篤という

電話ではなかったが、ただならぬ気配に、すぐに出掛けて行った。ベッドの上の顔は二まわり小さくなり、死相があった。傍で誰かが「手を握ってあげなさい」と言い、私が手を摑んでその手の甲を軽く叩くと、眼を向けて、にっと笑う顔つきを示した。その眼には光がなくて、私を認めたかどうか分らなかったし、笑顔とはいえぬ悲しい歪んだ顔をつくろうとしている気持は十分に分った。それはまた、別れを告げている顔でもあった。立派な顔だった。

医師が今夜は大丈夫というので十人あまりの見舞客は引きあげることにした。予感があったが、私は臨終の場には居合わせたくなかった。夜中に電話があって、ふたたび病院へ行ったときには、もう十返肇は生きていなかった。母堂と千鶴子夫人、義兄の風間完、青山光二、文芸春秋の樫原雅春、角川書店の山本容朗の諸氏と私とで、遺体を霊安室に運んだ。そのとき、人気のない廊下に風間完さんと二人だけになったときの会話が印象深い。

「八十くらいまでは生きるとおもっていた」

と私が言うと、風間さんは独特の飄逸でそして憮然とした口調で、言った。

「いや、そうでないね。あいつはやっぱり異常なところのある人間だよ。十一、二でおちんちんに毛が生えそろってしまってさ、それからどんどん大速力で人生を終ってしまう人間があるじゃないか。あいつも、そのクチだよ」

そう言われれば確かにその通りである。十返肇がいわゆる文壇に登場したのは、十八歳のときである。風間さんの言葉を死者の冥福を祈るこの上ない言葉として、私は聞いた。また、あきらめるより仕方のない、後に残されたものの知恵にあふれた言葉とも聞こえた。


病気になってからの十返肇は、たしかに立派であった。がんセンターのベッドの上で書いて、雑誌『風景』に載った「日記」は、十返さんの生涯の文章のうちで最上のものの一つといえる。

十返肇は、立派な最期を遂げた。しかし、わが親愛なる十返肇は、私にとってはやはり「顰蹙《ひんしゅく》しつつも愛すべき存在」なのであった。その角度から十返肇を眺めないと、どことなくよそよそしく、あるいは別人ではあるまいかと錯覚が起りかける。十返肇のペーソスを見落してはいけない。そのためには、やはりその角度から見ることが必要なのである。

だが、その前に、十返肇と私との因縁をごく簡単に書いておく必要があるだろう。

三十年ほど前、麴町区土手三番町のシナそば屋の二階に、十返肇という少年が下宿していて、近くの私の父のところにしばしば遊びにきていた。亡父吉行エイスケは、新興芸術派の作家であったが、十返さんは当時のことを、酔っぱらうと次のように繰返し語った。

「エイスケさんには、小説のことは何も教わらなくて、飲む打つ買うを三つとも手ほどきしてもらってしまった」

あるいは、

「その頃、ジュンちゃん（十返さんは私のことをそのように呼び、時によると、吉行くんと呼んだ）は番町小学生で、おれがエイスケさんと花札を弄《いじ》っているとこへやってくると、やあまたあんなことをやってらあ、パパ、キャッチボールをしようよ、と言ったものだ」

という回想になり、私は閉口した。すこし真面目に酔っぱらっているときには、違う言い方になった。私が亡父の文章を評して、「ファッション・ショウの衣裳のように、飾りの多い新しい部分から腐ってゆく。私は亡父の作品を終りまで読み通すことができない」と書いたことに関連して、

「ジュンちゃんはそう言うがね、当時は素晴らしく魅力があったものだ。おれは吉行エイスケの文体をそっくり真似した小説を書いてね、川端（康成）さんに、そういう

時期があってもいいでしょう、と言われたよ」

この三つの言葉を、すくなくとも十遍ずつは、十返さんの口から私は聞いている。

昭和十五年に父が急死し、以来しばらく疎遠になっていたが、敗戦直後、私が同人雑誌に詩を書いたとき、十返さんから手紙をもらった。それから、オトナ同士の付き合いがはじまったわけだ。十返さんは私より十歳年長であった。


十返肇ほどゴシップ好きの人物は滅多にいない。アルコール中毒患者と酒との関係に似たものが、十返肇とゴシップとの間には在った。

慶応病院に見舞いに行ったとき、私は見舞品として一つのゴシップを持参した。ある人物がある女のために、二十万円の金を財布から出した、という話である。話しはじめて直ぐ分ったのは、十返さんは私よりはるかに詳しくその話について知っているらしい、ということだった。それは、十返さんの表情で分った。舌を手術して口のきけない十返さんは、黙って私の話を聞いていたが、私の話がある箇所まで進むと、ついにたまりかねて、

「二百万エン」

と、出してはならぬ声を出してしまった。私の話の中の二十万円という金額を、訂

正したのである。

三十八年二月二十五日号の『週刊文春』に、十返肇作「わが浮気白昼夢」という告白的小説が載っている。一流酒場の女性と一度は特別な関係になってみたい、とかねがね考えていた主人公が、銀座の一流中の一流の酒場の女性と、浮気のような恋愛のような関係になる。その結果、いろいろ厄介なことになり、主人公はいろいろ思い悩み、自分から夫人に告白し、結局はその女性と別れようと決心する、という経緯が軽妙な筆で描かれている。丹羽文雄、井上友一郎、川口松太郎、服部良一、横山泰三などの諸氏、それに私が、実名で登場する。

私の登場する部分を、まず引用してみる。いや、引用しながら、註釈を加えてゆこうとおもう。この小事件を思い浮べる度に、私は十返さんのことを懐しくまた「仕方のないヤッチャなあ」(作品の中で、丹羽文雄氏が主人公のことを、そういう思い入れの表情で眺める箇所がある)という人物として、しみじみと思い出すのである。

〝その二日のちの夜、文学関係のパーティがあった。私はあらかじめ電話をかけて、吉行淳之介がそこへ出席するのをたしかめてから出かけて行った。吉行君は、私の頼みで彼女の部屋へ遊びに来て呉れたこともあり、私の気持を最もよく知ってくれている人であったが、この嫌な役割を依頼するのはさすがにつらかった。

しかも、

「吉行さんに話して貰ったら」

と言い出したのが妻なのだから、私のだらしのなさも極まれりというべきであろう〃

この場面は、これだけしか書かれていないが、補足する必要がある。この作品を読んで判断すると、私の役割は、彼女に主人公と別れるように説得するようなものということになるが、事実はもっと具体的な話し合いの纏め役なのである。

「彼女はな、二百万エン呉れれば別れてやる、というんだ。酒場勤めもやめてしまって、今更元の店へは戻れないから、それをモトデにして店を開く、といいよるんや。しかし、わいは二十万エンしかできん。そう言ってきてくれんか」

と十返さんは、私に言う。その話を聞いて「これは困った」と私はおもった。こういう役割は、成功しても不成功に終っても、ロクなことはない。夫婦喧嘩は犬も喰わぬ、という俚諺に似た面があって、たとえ成功したとしても、相手の女性に怨まれることはもちろん、当の十返さんからも百パーセント感謝されるとは限らぬのである。

最初に依頼を受けたときと、パーティの場面との間に、時間の経過がある。パーティのとき、十返さんは私の顔をみるやいなや、こう言った。

「困った、困った。彼女の父親がいまアパートにきておってな、彼女が父親に会ってくれ、といいよるんや。おやじに会うのは、わいはおっかなくて厭だよ。済まんがジュンちゃん、ちょっと行って様子を見てきてくれんか」

「それは困りましたね。しかし、おやじがきているというのは、嘘じゃないですか」

「う、うん。そうか、ぼくも嘘のような気もする。しかし、わいはもう恐《こ》おうて恐おうて」

そのとき、私は決心した。どちらへ転んでも損をする貧乏くじを引くことにしたのである。もっとも、野次馬気分と、事態を収拾できる自信のようなものも、作用しなかったとは言えない。

彼女の父親がきているというのは嘘だ、と言ったものの、確証はないわけだから、私はおそるおそる「彼女」の部屋のドアを開いた。彼女は、寝間着風のものを着ていたが、顔だけは丁寧に厚化粧してある。その厚化粧の片頰が、眼につくほど脹れていて、その頰をかなり技巧的に片手でおさえながら、彼女は言った。

「歯が痛くて、なにも食べられないの。おうどんを嚥《の》み込んでいるのよ」

ベッドの傍のテーブルの上に、なべ焼きうどんの容物が一つだけ載っていた。なべ焼きうどんの厚ぼったい陰気な容器が、彼女の厚化粧の顔と似合う。私は、その容物が一つだけというところに眼をつけて、父親がきていたというのは嘘だったな、とおもった。

「お父さんは、どうしました」

「あまり遅いので、いま帰ったところよ」

と、彼女は言った。

十返さんの文章では、翌日、話し合いの結果について私が報告したことになってい
る。そのときの十返肇は、翌日になるまで待てるほど悠長な心境ではなかった。

「わいは心配でたまらんから、話しが済んだらすぐに来てくれんか」

と、十返さんは、四谷のある喫茶店を指定した。

さて、十返さんの文章では、そのとき、私は次のように報告したことになっている。

〝「最初は、軽く、ユーモラスな調子で話しようと思ったのですが、相手が深刻で真剣そのものなので、そうはゆきませんでした」

それはそうだろう、と思い、私は暗然となった。

「それでも終りには、わたしは充分あの人には誠意を尽したから後悔しない、と言いました。泣かれて弱りました」

そういうと、彼はハイ・ボールをひとくち飲んだ。

「要するに僕は浮気や情事のできる男じゃなかったんだ。今後は慎しむよ」

私がそういい、話が一段落ついたところへ、

「なにを、さっきから深刻そうに話してんのよォ。ちっとは陽気に飲みなさいよ」

と、いいながら、この店の女のひとりが席についた〃

現実は、その小説のようには簡潔には片付かなかった。

話を纏める役割の私は、厚い白い壁と向い合っている気持になった。私の人生で、女というものはとてもとても手に負えぬ生きものであることをしみじみ悟ったのは、このどきが最初であるといえる。男の論理と女の論理とは、その構造が土台から違うらしい、ということは以前から考えていたことだが、それが実際に証明されたのも、このときである。

「二百万円は支払い能力がない、二十万円ならすぐにでも払えます」

と私が言うと、彼女は、

「そんなの駄目よ。きのう十返さんから速達をもらったのよ。その中でちゃんと約束してあります」

と、部厚い封筒を私の眼の前に差し出した。まぎれもない十返肇の立派な筆跡が、封筒の上にみえる。

「仕方のないヤッチャなあ」

　と私がおもっていると、彼女は「さ、はやく読んでごらんなさい」と、その封筒を上下にゆらゆら揺すぶる。「読んではいけない」と私はおもった。感情が昂ぶったときの女性宛私信は、きっと私を恥ずかしい気持にさせるであろうし、また私が読んだと知れば十返さんも恥ずかしい気持になるだろう。いやそれよりも、この場の作戦上、そんなものを読むのは不利である。

「そこにはそう書いてあるかもしれないが、それはつまり十返さんが、こういう事柄にたいして初心《うぶ》なためで、おもわずそれを書いてしまっただけですよ」

「愛しているとも書いてあります」

「それは、十返さんが、情事にたいして初心なためで、十返さん自身がそう錯覚した時期があったわけです。いまは、はっきり別れたいと言っているのだから」

　この応答は、なかなか上手だった、と私は自分で感心したが、彼女は一向に納得の色をみせない。

「だから、それなら、二百万円といっているのよ」

　と言い、また、

「本当はお金なんか、どうでもいいの。でも十返さんの誠意を、二百万円というお金をつくることによって示してもらいたいの」

とも言う。

こう書いてくると、理路整然とした話し合いが進んだようだが、整理して書けばこうなるということで、実際の会話はとてもそんなものではない。私は頭の中が混乱し、なにがなんだか分らなくなりかかり、辛うじてそういう話の筋道を掴んだのである。そして、要するに、二百万円を二十万円に値切る申し出は、一蹴されてしまったわけだ。

十遍さんは四谷の喫茶店で、私を待ち構えていて、私が経過を報告すると、

「そうですか」

とか、

「はい、そうです」

とか返事をしはじめた。かしこまった姿勢になり、先輩にたいする後輩の態度になってしまい、さらには教師の前に出た中学生のようになってしまった。私が話し終わると、十返さんはようやく先輩の態度に戻り、

「弱ったなあ、困った困った。ジュンちゃん済まんが、もう一度、明日にでも行ってきてくれ。五十万円くらいなら出せるかもしれんから」

そういう按配で、合計三度、私は彼女のアパートに訪れた。話が混乱するのをおそれて、私は原稿用紙に要点を箇条書きに書き並べて頭の中を整理した。彼女がこう言えば、ああ言い、ああ言えばこう言おうと、準備おこたりなく出掛けてゆくのだが、実際に向い合って話しはじめると、たちまちわけが分らなくなり、しどろもどろになってしまう。

私のこのあまりの頼りなさ、駄目さ加減が、結果として幸いしたようだ。ある日、不意に彼女は盛装して、私の家の玄関に現われた。

「わたし、もう決心がきまりました。今度のことではお手数をおかけしましたが、これからはその必要がありません。もう私のところにおいでにならないように……」

覚悟の自殺を決行する前の言葉のようにもおもえる科白であり態度である。その決心の内容を訊ねたが、彼女は答えず、上り框《がまち》に四角い箱を残して帰って行った。

まさか、とはおもうものの、不安があって、朝夕の新聞社会面にまず眼をとおした。四角い箱は、モナカの箱だったが、気味わるくて食べられない。あの世への道連れにされてはたまらぬ。しかし、危惧していたことは（もちろん）起らず、二百万円か二十万円かの件は、十返さんの懐からは一円も出ずに解決した。もっとも、その後、丹羽文雄氏が何十万円かを払って事態を収拾されたという説もあるが、真偽について私は知らない。

この小事件の副産物が二つあった。

私の訪問のとき、彼女はアパートの入口まで私を送って出てくる。ところが、アパートの前に、経木細工の店があって、若い職人が二人、細工の仕事をしながらこちらを眺めにやりにやりと笑うのである。

「おや、眼鏡のおじさんの次は、あの若い男というわけか」

と考えて笑っていることが、歴然としている。痛い腹を探られるよりも、痛くない腹をさぐられるほうが、余程いやな気持がすることが、このとき分った。

もう一つは、どっちへ転んでもロクなことはないという私の危惧が、具体的な形であらわれはじめたことだ。私は二、三の人から、次のような話を聞かされた。

「十返さんが、新宿の居酒屋で酔っぱらって呑んでいたよ。ジュン公のやつ、寝返りを打ちよった、裏切りよったあー、と言っていた」

私は、苦笑した。おそらく、十返さんはその小事件を人に知らせたかったのではあるまいか、ともおもった。つまり、情事に初心な証拠なのである。

十返肇の告別式のとき、全く予想せぬことが起った。山本健吉、池島信平、田村泰次郎、戸板康二の諸氏の弔辞につづいて、私が弔辞を読むために立ったとき、それは起ったのである。

その日の明方に、私は原稿用紙に二枚、弔辞を書いておいた。『十返さんとの長いおつき合いのあいだ、病気をしたという話は一度も聞きませんでした』と書いた冒頭の二行を読んだとき、異様な心持が衝き上ってきた。

「これはいけない」とおもい、「泣くかもしれない」とおもい、私は吃驚した。葬式のとき、遺族はともかくとして、他人が泣くのは私の最も嫌うところである。過剰な感情をむき出しにすることは、不躾であり失礼なことでもあると考えていた。その厭な事態が、私自身の上に起りかかっている。私はその感情を追い払おうとして、絶句し、耳を引張ったり頭を搔いてみたりした。その様子をみて、弔辞の内容が不適当であったことに気付いたのか、とおもった人もあり、また私の持病のゼンソクの発作が起りかけたのかとおもった人もあったようだ。しかし、誤魔化し切れぬ状態になり、私は「なんで、こんな目に遭わなくてはならぬのか」と閉口した。

「これは絶好のゴシップになるぞ」

と、故人十返肇が幽界から立ち戻ってくるかとおもった。

「十返さんとの長いおつき合いのあいだ」という冒頭の文句がいけなかった、とおもう。その瞬間、十返さんとの三十年にわたる数々の思い出が一斉に私になだれかかってきたのだ。別の文句で、弔辞をはじめていれば、おそらく醜態をみせずに済んだであろう。

ともあれ、私の弔辞の後半は、声が詰まってよく聞き取れなかったという。この小文の結びとして、その部分の文章のもととなった事実を、書き記しておくことにしたい。

八月二十八日の夜半、十返さんの遺体を霊安室に運んで、帰ってくると、明方になっていた。眠れぬままに、深沢七郎氏の随筆集を読んでいると、偶然、次のような内容に出会った。

深沢さんの郷里では、人が死んで七日の間に雨が降ると、その人は天命によって魂を天に戻した、つまり寿命だったのだ、ということになる。だから、人が死ぬと、残された人々は、七日の間に雨の降ることを待ち望む。深沢さんの母堂が亡くなられた日は、快晴だったそうだ。ところが夕方になって、烈しい雨が降りはじめた。深沢さんは、その雨をこの上なく美しいものとして眺めた、という。

そのうちに、私は眠りに入ったようだ。眼が覚めると、激しい雨音である。私はカーテンを開いて、その雨をしばらく眺めた。

その雨は一たん霽れ上ったが、夕刻からまた雨になった。目白の十返肇の自宅に通夜の客たちが集まってきたが、その雨は烈しく降りつづいた。

四畳半襖の下張「裁判」法廷私記

『面白半分』というリトル・マガジンの初代編集長を、私は昭和四十七年一月号から半年間つとめた。したがって、二代目野坂昭如編集長のとき伝永井荷風の「四畳半襖の下張」という短かい戯作を掲載したためにワイセツ罪に問われて裁判となった場合、弁護側証人として出廷することにある種の義務を感じた。

法廷は朝早くからはじまると聞いていたので、億劫な気分だったが、第一回の弁護側証人として五木寛之・井上ひさしが出廷したときから開廷が午後一時からになったというので、証人として出ることにしようという考え方になった。

私はもともと推理小説の法廷場面が大好きで、場面の変化がないのにもかかわらず、僅かな言葉の使いそこないでポイントを失ったり、突然事件の真相が浮び上ったりするところに甚しく興味を惹かれていた。しかし今回の場合は、犯人当てのゲームではないので、論理的な陳述によって野坂・佐藤（嘉尚）両被告の無罪を立証しなくてはいけないのか、と講演が苦手でもう十何年も断りつづけている私としては、気が重くなっていた。

ある夜、ふと気付いた。これは講演ではなく、質問側の弁護士および特別弁護人の丸谷才一の問いに答えればよいことで、つまりは対談なのだ、と理解したのである。対談となれば、私のレパートリイの一つであって、気がラクになる。あの法廷場面に参加できると、喜び勇みはじめた。

第一回の三月十五日のとき、被告側は五木寛之と私を弁護側証人に申請したそうだが、私のほうは保留になり、替りに井上ひさしになった。このほうがはなやかな名前で、弁護側としては有難いわけなのだから、そこらあたり検察側の気持がよく分らない。

第二回は私に許可がおりて、昭和四十九年四月十六日、東京地裁七〇一号法廷におもむくことになった。

その前に、ちょっと行き違いがあった。私は四月十五日とおもいこみ、それを告げにきた佐藤嘉尚に、

「十五日でよかった、十六日は、三時から川端康成賞の選考会があるから、それに出席しなくてはいけない」

と言い、佐藤は、

「それは好都合でした。それなら、三時からの分にヨシユキさんを申請します」

と、答えた。

間もなく、「東京地方裁判所刑事第20部」という文字が封筒に印刷してある「特別送達」の速達が届いた。十五日と私はきめていたのだが、数日前になってあらためて読んでみると、「四月十六日」と書いてある。

いそいで、佐藤に電話して、

「君は、基本的なところでボンヤリしておる」

というと、彼はあわてて弁護士を通じて裁判所と交渉した。三時からの私の分を、一時からの開高健証人の持ち時間と取替えてほしい、という申し入れである。私などにとっては、その程度のことは大した問題ではないとおもうのだが、特別のはからいでそういう変更を認めてもらったそうだ。

さらに、前々日になって、認印持参という項目のあるのをおもい出した。そのときには、私はホテルに仕事に出かけていてハンコを持ってくるのを忘れていた。また電話して、

「ハンコがない。近所で三文判を買って……、『吉行』は売っていないから、『吉井』

というのを買って『井』のところを四か所削り落して『行』にしておいてくれ」と、佐藤に頼んでおいた。

当日、定刻に法廷に入ると、なかなか相手が現れない。

「遅いな」

というと、開高健弁護側証人が、

「西洋にはアカデミーズ・クォーターという諺があって、いかに偉い学者の集まりでも十五分は遅れるもので、その限りにおいては待つものらしいですな」

と博識を披露しているうちに、丁度十五分経って、裁判官三人と検事が入場してきた。傍聴人は七十人で満席である。

大前邦道裁判長は温顔で、平井令法検事は意外にも加藤武をそのままもう少し好男子にしたような顔つきである。考えてみれば、検事といえば悪役のイメージだが、弁護士に転業する場合もしばしばある。なにも、モノスゴイ面構えときまっているわけではない。

まず、裁判長の前に開高と並んで立って、「宣誓」をおこなった。キリスト教国ならバイブルの上に手を置くのだが、わが国では印刷物を読むだけである。

裁判長　二人いっしょに、読みなさい。
開高・吉行　いっしょですかぁ。
吉行　ハモるのですか。
裁判長　それができないなら、一人でよろしい。

開高健が大声で読み上げたあと、

開高　吉行淳之介・開高健。

と二人分の姓名を言ってしまったので、私はあわて、裁判長は苦笑した。開高も気付いたので、私があらためて自分の姓名を言った。
そのあと開高は退場し（証人は、もう一人の証人の発言を聞くことは許されない）、私は裁判長より一段低いが、検事よりすこし高い位置にあるなかなか立派な席に坐った。近くに女性速記者がいて、タイプライター型の速記器具の前に坐っている。
こうして、一時十五分から一問一答がはじまった。以下、部分的にその内容を書くが、「週刊読売」編集部の秋林邦也記者の文章を、私が記憶で補足修正した。したがって、かならずしも、当時の発言とまったく同一とは言い難いことをお断りします。
尚、括弧の中の文章は、私の付け加えた註である。

中村巌主任弁護人　証人は、なにを主として書いていますか。
吉行　主として小説です。
中村　なにか賞をもらいましたか。
吉行　二十九年に芥川賞をもらいました。
中村　それは何という作品ですか。
吉行　「驟雨」といいます。
中村　ほかに文学賞を受けていますか。
吉行　それは証人の社会的信用度についての質問ですか（反問は許されていないのをおもい出し）、あ、こちらからの質問はいけないのか。そうだとすると、社会的信用はいままでもあまりありませんが（笑）、しかし文学的に正しいことを言うことはできます。そういうジャーナリズムでの信用度ということになれば、四十五年ころ「谷崎賞」を受けています。
中村　それはなんという作品ですか。

吉行　「暗室」です。そういえば、社会的信用度からみれば、四十二年ころ「文部大臣賞」をもらいました。

中村　それはなんという作品ですか。

吉行　「星と月は天の穴」という作品です。文部大臣賞について打診されたとき、反射的に断ろうかとおもいましたが、この小説は女子大生と中年男との男女関係が内容なので（中年男の運転する車の中で、女子大生がオシッコを洩らし、それがキッカケで物語が展開する。こういう恋愛小説は世界最初のものです……。とでもいえば、満場爆笑になるのは分かっていたが）、そういう小説に文部大臣が賞を出すということは、おのずからユーモアになっているとおもって、その賞を受けることにしました（笑）。

中村　人間生活にとって、セックスとはどんなものと考えますか。

吉行　年齢差、個人差がありますが、大きくいえば、昔は「自然」の意志によって生殖のために与えられたものです。その後、人間が「自然」に抵抗して、生殖だけというところからこれを切り離し、快楽のための面を獲得したわけです。セックスのない人間というのは、異常というか存在しないというか、要するにセックスは人間に備わったものです。

中村　「面白半分」の編集長の任にいたことがありますか。
吉行　創刊から半年間、その任をつとめました。
中村　創刊についての趣旨は、どういうことですか。
吉行　肩の力を抜いて、自然の姿で生きていこう。肩肘張って力《りき》むな、面白半分は良いことじゃないか。簡単にいえば、ま、そういう趣旨です。
中村　「四畳半……」の掲載について、どう考えましたか。
吉行　そのときは読者の立場で見たわけですが、むかし懐しいものが載っているな、もう一度読んでみるか、といったところです。
中村　掲載の意義について、どう考えますか。
吉行　面白半分とは、意義を排除するところに、意義があるんです（爆笑）。
中村　「四畳半……」という作品を永井荷風の作品と考えますか。
吉行　いろいろの研究家がそう言っていますし、荷風日記にもそう推測できる文章がありますから、断定してよいでしょう。ただし、異本が二十数種類あるそうですから、形容詞・形容句などの違いがある筈で、どれが定本かには疑問の点があります。
中村　この作品について、どう思いますか。
吉行　荷風自身は、春本を書きたいと考えて、これを書いたとおもいます。（大正六年七月の「文明」に、「四畳半襖の下張」という題名の小文が掲載になっている。これは現に問題になっている作品の導入部だけを切り離して発表したもので、この手口は戦後においても荷風がしばしば使ったと推察される。昭和二十四年に（荷風七十歳）「にぎり飯」を「中央公論」新年号に、二十五年「買出し」を同じ雑誌の新年号に載せており、そのほかにも幾つかの短篇があるが、どの作品も導入部だけで終っているような、尻切れトンボの曖昧なものである。おそらく、これは「四畳半襖の下張」と同じ手口で、春本のイントロダクションだけを、当時の最も権威ある雑誌に渡して素知らぬ顔をし、さらには時評家がこれをいろいろ論評するのを腹の中で冷笑していたのではないか。「買出し」は、戦後の名作と銘打たれている。このことは、昭和三十四年の荷風の死と同時に、友人の日高普《ひろし》（評論家浜田新一の本名、経済学博士・法政大学前学部長）に指摘され、コロンブスが卵を立てたのを見た気分であった。そのことを私は再三文章にしたが、その事実はない、と言われていた。しかし、死後十数年経って荷風研究家の小門勝二氏がようやくその事実を認めているが、隠匿原稿の行方についての記述はない。大正五年八月より翌年十月まで「文明」に連載した「腕くらべ」（これは春本ではない）の私家版五十部限定を、大正六年十二月に刊行したと同じ措置を、「四畳半襖の下張」および戦後の作「買出し」その他についてもおこなう意図が荷風にあったかどうかは、不明である。一説によると、「四畳半襖の下張」の隠匿原稿を門人が持出して勝手に秘密出版をしたという。そうなると、前書きの『大地震（吉行註・大正十二年の関東大震災）のてうど一年目に当らむとする日金阜山人あざぶにて識るす』という文字は、荷風のものかどうか疑わしい。

しかし、書かれてから五十年、その後社会の状況も大きく変わって、今では春本と認められるようなものではない（この点は、後で精しく説明する）。しかし、検察側によって摘発されたんですから、まだ春本とする見方も残っているわけで、荷風もさぞ喜んでいるとおもいます。

（この原稿を書き上げてから、引出しの中の古い切抜きを整理していたところ、発禁本を研究している城市郎さんと四十五年に対談していて、その中に参考になる箇所が出ている。こういう会話があったのを、すっかり忘れていた。

その部分の会話を、再録してみる。）

吉行　自慢できるという本もたくさんお持ちと思いますが、あえて絞ればどういうものがありますか。

城　パンフレット一枚でも、集めたものは貴重ですね。まあ、あえて言えば『四畳半襖の下張』の肉筆本ですね。原作を写したものなんです。もう亡くなった方なんですが、新聞記者なもんですから、写した後に校正の赤字を入れているんです。

吉行　あれを書いたのが荷風だということは、定説のようですね。ただ、好事家間を動いてゆくうちに、形容詞がふえたりしてるんですね。荷風の肉筆というのは、現存しているんですか。

城　あると思うんです。荷風のところに出入りしていた二人の男が、それを字体まで真似して三部か四部つくったんですね。荷風は潔癖性が強いんで、他人の出入りを固く禁止していたんですが、たまたま礼儀正しい文学青年で、一人は能筆家、一人はハンコを彫るのが巧みで（笑）。

吉行　荷風のように人間関係にうるさい人が、ヘンなのを出入りさせてしまったんですね。それが、能筆家とハンコ彫りとはおもしろい（笑）。

城　それを糾弾する意味で、荷風は小説を書いていますね。『来訪者』という戦後間もなく出た本ですが、それは確かだと思うんです。

中村　「四畳半――」をワイセツと思いますか。

吉行　ワイセツの定義そのものがよく分からないですね。

中村　ワイセツの定義には、「チャタレー裁判」の判例によれば三項目あって、「性的羞恥心を害し」というのがその一つです。

吉行　これは、二つの解釈ができて難解です。日本語というのは、言葉の構造上、しばしば曖昧になることがあるので、外交文書は外国語で書かれたものを取交していると聞いたことがあります。その点、注意しなくてはいけない。まず「羞恥心」というのはほかの動物にはなくて、人間にだけ備わった美徳であるという考え方に立てば、羞恥心の歯止めがはずれ、矢鱈《やたら》にムラムラするという意味にも解釈できます。一方、チャタレー裁判以前の判例に「羞恥嫌悪の情を催せしめ」というのがあって、この場合の「羞恥」という言葉は、美徳の反対に使ってあります。もし、こちらを採れば、文章を読んで「羞恥」が起ることは可能か。あまりに下手糞の文章を読まされて、恥ずかしくなってしまうこと（笑）、はあるが、文章によって「性的羞恥心」は起り得ないとおもいます。

中村　また、ワイセツの規定には、「善良な性的道義観念に反する」というのもありますが、これは歴史を超えて当て嵌めることができると思いますか。

吉行　これは、歴史とともに変わってくるものなんですよ。たとえば、オナニーという言葉は、聖書の中に出てくるエピソードで、オナンという男が兄の妻に懸想して、その面影を頭に描きながら精子を地面に洩らしたというのが語源です。つまり、そこには、罪の意識が入っているわけです。

中村　その説は本当ですか。

吉行　さぁて（丸谷の顔をみると、それでいいんだ、というようにおもえる頷き方をしていたが）、私は聖書を読んだことがないので自信はありません。しかし、昔そのように教えられた記憶があります。わが国に例をとっても、「自瀆《じとく》」と昔は言い、つまり自らを瀆《けが》す、という罪の意味を絡ませています。それが、数年前にアメリカのマスターズ博士が、セックスの研究書を出したとき、その中に「今度オナニーという言葉をやめて、オートマニュピュレーションと呼びたい」と言っていました。「オート」とは「自動」、「マニュ」は「手」、「ピュレーション」は「反復」で、要するにその行為から罪悪の判断を取り除こうとするものです。

中村　セックスにたいするモラルは、時代とともに変わっているとおもいますか。

吉行　その通りだとおもいます。戦後私はある時期、娼婦を主人公とした小説ばかり書いていましたので、甚だいかがわしい存在だとおもわれていました（笑）。十年前でも、女子大生が卒業論文のテーマに私を取上げようとすると、担任教授に呼びつけられて説諭され、翻意を求められたと聞きます。このごろでは、ほとんどそういう事実はないようです。つまり、二十年前の女子大生にとっては、私の書くものは読んでいると口に出してはいけないことになっている作品でした。現在では、当時の「原色の街」などの読後感を女子大生が送ってきてくれますが、私の意図を正しい角度から理解していて驚きます。ただし、そういう手紙の中に追って書きがあって、「私の母はセンセイの名を聞くと怖気《おぞけ》をふるいます」などと書いてある（笑）。その母親というのは私と同年代なわけで、ああ、二十年経ったのか、と感じますねえ。（イギリスで『ファニー・ヒル』が解禁になったことを言えばよかった、と後で気付いた。）

戦後風俗に話を絞っても、敗戦直後に発行されはじめたいろいろの雑誌に、裸体写真が載りはじめたときには、びっくりしましたな。いまでは、ヌード写真は週刊誌のアクセサリーのようなもので、もはや感激もなく（私自身、年を取ったせいもあるが、それだけではない）ろくに見もしません。ストリップも、はじめは「額縁ショー」だったし……（爆笑）。

およそ五十分にわたる質問ののち、中村弁護人が、

「これで質問を終ります」

と言い、着席した。

裁判長がつづいての丸谷才一特別弁護人の質問を促したとき、私は咽喉《のど》が乾いて声が出にくくなっていた。こちらからの反問が許されていないし、質問は短かいので、一人で話しつづけなくてはならない。

近くには、水もコップもない。

「なにか飲むもの……、水かなにか飲めませんか」

というと、裁判長は、

「法廷内で飲むことは許されていません」

と言い、私はさらに、

「しかし、水を飲まないと、声が出ない」

「それでは三分間休廷しますから、その間に飲んでください」

こういうことがイキな計らいに一瞬おもえたのだから、やはり法廷は融通のきかないところなのだろう。廊下に水飲み器があったが、ペダルを踏んでも水は穴から三ミリくらいしか出てこない。とても吸いこむ作業は無理なので、便所に入り手洗いの蛇口の下に顔を仰向けに突込み、コックをひねって水を口に注ぎこんだ。

法廷内に戻って着席し、丸谷才一が立上りかける直前、廷吏（というのか、六十年配で小柄の感じのよい人物）が私の席に紙片をもってきて、私はポケットからハンコを出して捺印した。傍聴人にはその意味が分からなかったらしく（それは当然である）、あとである人に聞かれた。

それは、こういう訳である。

宣誓が終って宣誓書に氏名や生年月日を記入し、捺印する。最後の行に「日当および交通費」という項目があり、「申請します・申請しません」という印刷文字があって、どちらかを消すことになっている。

開高健と私とがそれを眺めて考えていると、廷吏のおじさんが、

「記念にもらっておきなさいよ」

というので、

「なるほどなあ、まず一生、こういう形で金をもらうことはないからなあ」

と異口同音に返事をした。

「ずいぶんシャレたことを言うなあ」

と、私は声に出して呟き、こういう場所で聞けるとは予想していなかった言葉には違いないが、その廷吏はただ素朴にそう言っただけかもしれない。そういう経緯があ

ったので、親切なおじさんは隙をみて申請書を私の前に持ってきてくれ、そこに捺印したわけである。因《ちな》みに、当日の手にした金額は、開高が千三百円、私が千二百六十円であった。現住所からの往復の電車賃が二百円、日当が千二百円、合計千四百円から源泉徴収十パーセントを差引いて、千二百六十円になったのか。交通費には課税しない、という説もあり、そうなるとこの数字はよく分からない。

さて、丸谷才一特別弁護人が立って質問をはじめた。大声の男が揃う日で、文壇三大声とは、丸谷、開高そして井上光晴ということになっている。この日の丸谷は有能な大学教授がじっくり講義を開始する口調で、矢鱈な大声ではなかった。私も地声は小さいほうでなく、バーで便所へ行った男の悪口を言うと、その小部屋の中まで聞えてしまったことがあるが、丸谷に合わせて音量を調節して答える。

丸谷才一特別弁護人　荷風はなぜ「四畳半——」を書いたとおもいますか。

吉行　春本を書くには、いくつかの要素があります。第一は、文章の力を試し習練するため……、絵描きはほとんど皆描いています。性行為の体位というのはややこしく絡まっていて複雑ですからな、デッサン力の勉強になります（笑）。第二は、ぬるま湯的な市民生活や偽善的な世間に対して、ショックを与えたいという衝動が湧いてくるケース。もう一つは自分の性的ポテンシャルの低下がその根もとにある場合。荷風のこの文章の場合は、推定四十歳くらいですから、小市民生活を冷笑しようとしたのではないかなあ（その導入部だけを第一級の権威のある文芸誌に載せて、素知らぬ顔をしたいという気分も加わっているとおもえる）。いかにも、これは荷風ごのみです。

丸谷　春本の文学的価値は。

吉行　動機とその結果はしばしば違ってきます。バルザックは借金を返すために作品を書きとばしたが、文学的価値のあるものができた。荷風の場合も、「四畳半――」には文学的価値といえるものが部分的に含まれています。つまり、荷風にとってはそれは春本でなければならなかったのに、その人間観察の力のために、春本の枠に入り切らなかった部分もある。心ならずも、枠を越えてしまった感じですね。

丸谷　「枠を越えた」とは、どういうことですか。

吉行　春本というのは、性感だけを強烈に刺激しなくてはいけないんですよ。しかし「四畳半――」は、人間性の洞察、男と女との相違についてのほうで読者の抽象的思考力を刺激する部分が多い。これは春本としてはマイナスですが、そういう部分に、文学的価値は認められます。

丸谷　それは、どの部分ですか。

吉行　よく覚えていないんですが……、その雑誌を貸してください（書記官が手渡した『面白半分』四十七年七月号をめくりながら）、ウーム。たとえば（と、二か所ほどあげて）、またこういうところもあります。「女は何とも言わず、今方やっと静まりたる息づかいすぐあらくさせて顔を上げざれば、こりゃてっきり二度目を欲する下《した》心《ごころ》と、内心おかしく、暫くして腰を休めて見るに、女は果せる哉、夢中にて上から腰をつかうぞ恐しき」つまり、女が終ったあともすぐに腰を動かしはじめる描写があります。このへんに女の生理のすさまじさ恐ろしさを感じます。この「おそろしき」という表現は、真実の声であるとともに、ユーモラスな表現で、結構です。私たちの年代になれば、べつに目新しいことではないが、若いころには参考になったし（笑）、いまの二十代の人たちにも参考になるでしょう（傍聴席爆笑、三人の裁判官、検事も笑ったそうだ。私の席からは、三人の裁判官の表情をみることはできない）。

丸谷　もうほかにはありませんか。

吉行　まだヤルのですか（爆笑）。この主人公は、結局芸者のお袖が気に入って結婚するわけで、ここらあたりはなかなか道徳的です（笑）。しかし、一たん結婚してしまうと、また浮気したくなるのが男というもので、ここらを、「女房は三度の飯なり。立喰の鮓に舌鼓打てばとて、三度の飯がいらぬ訳あるべからず。家にきまった三度の飯あればこそ、間食のぜいたくも言えるなり。此の理知らば女房たるもの何ぞ焼くに及ばんや」と書いています。亭主が浮気したからといって、矢鱈にヤキモチを焼くとかえって厄介なことになる。ここらあたりを心得ていれば、若い女性にとってもタメになることでしょう（爆笑）。

丸谷　そのほかの「四畳半――」の特徴をあげてください。

吉行　この作品には、美的節度があり過ぎます。それが、春本としての欠点の一つです。もっと強烈なものを書いていれば（笑）、春本としていまでも通用したでしょうが、この点、春本書きとしての荷風の力が足りなかったということでしょうねえ。この作品は漢文脈を引く文語体でそれがおのずから美的節度となり、いまの日本語としては生ま生ましさを失っていますよ。私の体験によれば、戦時中の中学時代には、『壇ノ浦夜戦記』と『ヴァン・デ・ヴェルデ』が幻の春本として、仲間のあいだで有名でした。戦後、『ヴァン・デ・ヴェルデ』は医学書ということで、出版された。『壇ノ浦――』（伝頼山陽あるいは平賀源内ともいう）のほうは、機会があって最近読んでみたが、和漢混淆文《こんこうぶん》なので実感が湧かなくて、途中でやめました。いまの若い人が「四畳半――」を読んだ場合、あるいは同じような感じを持つかもしれない。

以下は、法廷では言うのが面倒くさくなったので省略したが、その二週間ほど前、舟橋聖一氏の「四畳半襖の下張」についての見解を偶然直接に聞く機会があって、頗《すこぶ》る面白く且つ有益な内容だったのでそれを紹介したい。その意見というのは、

「あの作品には、未熟なところがある」

との指摘である。

お袖という女は、芸者すなわち色の道のプロフェッショナルである。初会《しょかい》において、オルガスムスに達することはタブーである。あの程度のテクニックでは、とても「枕をはずさせる」ことはできない。つまり、その部分の描写が未熟である、という。また、仮に、オルガスムスに達したとしても、「あれさもう」などという表現は自分のプライドとして、初会の男にたいしては口走らない。そこがプロの厳しさである。ただし、歌舞伎の人気役者が相手の場合は、例外である、という。

そう教えられると、私もその通りだとおもう。花柳界のことを、私はまったく弁《わきま》えないが、赤線地帯の娼婦を相手にした場合のことをおもい出してみると、かなりの馴《な》染《じ》みになって、はじめてそういう表現を口に出す。私の場合は、敵娼《あいかた》が、

「やられた」

と、半ばの口惜しさ、半ばの満足とともに、口走った。この「やられた」は、花柳

界に翻訳すれば「あれさもう」に近い言葉である。

さすがに、舟橋さんの意見にはモトデがかかっていて、私は感服した。「四畳半――」にこの意見を採り入れるとすれば、主人公の男がお袖のプロ意識を失わせるほどに技術とパワーを駆使させ、その按配を微にわたり細にわたって描写して、余計な人生洞察を省けば、第一等の春本に成り得たであろう。

ついでに付記すれば、長部日出雄はこの戯文の主人公のことを、「人間業とはおもえぬ」と書き、野坂被告と丸谷特別弁護人とが、

「オレたちもあんな精力的な男になってみたい」

と、相擁して泣いた、という。

これが洒落でないとすると、同情の涙を禁じ得ない。

私見によれば、あの作品は四十歳前後の荷風のリアリズムである。セックスにおいて技術にたよるということは老化の兆しには違いないが、あのくらいが四十歳の男の平均値ではあるまいか。

現在の私はすでに初老であるので相手の選り好みが烈しいが、お袖のタイプの女ならいまでもあの程度は朝飯前である。ただし、これは、裁判には何の関係もない余談である。さらにいえば、この作品がリアリスティックなものか、アブストラクトなも

のかは、この裁判にはなんの関係もない事柄だ、と私はおもう。
さて、公判のつづきに戻る。

丸谷 「四畳半――」が裁判にかかっていることを、どう思いますか。

吉行 特別なものとして、当局がこだわり過ぎているという感じがしますね。昭和二十三年に有罪にしたという二十六年前の判決にこだわり過ぎています。また、性的な文章から刺激を受けて、性犯罪につながるケースは、普通人の場合（このとき、丸谷は検事に視線をチラと向けた。私が「普通人」という過去の判決文に出てきた用語を使ったことの反応を確かめたのであろうか）考えられません。もっと、一般の人の良識を信用したほうがいいんじゃないのでしょうか。

丸谷 あなた自身に、春本を書く気がありますか。

吉行 ありますね、大いにあります。文語体で書くことは、私の力では不可能ですから、言文一致体ということになります。相当生ま生ましくなりますよ（爆笑）。しかし、春本は、原稿料の入るものではないし、時間もかかるでしょうから、まずそのあいだの生活を考えなくてはならない……。春本貯金でもやりますか（爆笑）。

ここで付記する必要があるが、春本が解禁されたならば、それを書く気持はかなり薄れてくるであろう。やはり、それを書く気持の中には、微温的な小市民生活にバクダンを投げたい気持がかなり大きな部分潜んでいるに違いない。

丸谷が着席し、再び中村弁護人が立ち、

中村　さっき、「四畳半――」が特別扱いをされているという意味のことを言いましたが、この作品を禁止するくらいなら、ほかに禁止すべき作品があるとおもいますか。

吉行　そういう作品は、それでいいんです。とにかく、「四畳半――」にたいしてだけ、とくに監視の眼がきびしいと感じるわけです（このとき、丸谷特別弁護人が中村弁護士を肘でつつき、二人で苦笑したのが見えた。もしも、相手の質問に釣られて私が具体的なほかの作品の名を口にしたとしたら、ポイントがマイナスになったのだろうか。いまでもよく分らないのだが、ここらではじめて私の気に入っているゲームとしての法廷場面に参加した気分がしたことは、事実である）。

中村　それでは、春本を書きたいといったけれども、文学を追究することができると思いますか。

吉行　「老いの寝覚のわらい草」ですよ（爆笑）。（「四畳半襖の下張」の前書きに、

「今年曝書の折ふと癈簏《はいろく》の中に二三の旧稾《きゅうこう》を見出したれば暑をわすれんとして浄書せしついでにこの褉の下張と名づけし淫文一篇もまたうつし直して老の寝覚のわらい草とはなすなん」とある。）

ここで、佐藤被告立ち、

佐藤　昨年『面白半分』の裁判特集号に、「標識板風ワイセツ裁判」という文章を書かれましたが、その内容をもう一度説明願えませんか。

吉行　（答弁の大部分を省略する）交通標識にたとえるなら、付け替えを忘れたような古い標識板を指ししめして、「これと違反している」と咎められているような感じだ、ということを書きました。また、交通法規には出ていない違反が、一つある。それは「後方白バイ不確認」です。うしろから白バイが付いてくるのに気付かないで、違反すると、普通なら大目にみてくれる程度の些細な事柄でも、けっして許してもらえません。たとえば、ほとんど車の走っていない広い道路で制限速度五十キロのところを五十九キロで走っていて、私はつかまったことがあります。おそらく白バイの目の前でぬけぬけと違反しているということで、相手の自尊心が傷つくのでしょう。しかし、一割以内の速度オーバーは計器の誤差の範囲内なので違反にならないのが、常識です（裁判長も検事も良識ゆたかな大人の男である筈で、内心この裁判の阿呆らしさを十分知っている、とおもう。しかし、職業柄タテマエを大切にせざるを得ないので、この裁判となった。しかし、もうこのくらいでよろしいではないか、という意味を含めておいたつもりである）。

裁判長　（野坂被告に向って）何か証人に質問はありますか。

野坂　ありません（立ち上って、すぐ坐る）。

裁判長　検事の反対訊問はありますか。

平井令法検事　ありません。

裁判長　それでは、十五分間休廷します。

法廷を出ると、『面白半分』の用意した車で、いそいで選考会場へ向う。選考会というものは午後六時ごろから開かれるのが通例なのだが、その日は川端康成の三回忌の命日なので、会のあと法事がおこなわれることになっている。そのために三時開始だったのを、三十分遅らしてもらってあった。

実際には、「法事」というのは案内状の表現がいささか違っていて、僧侶の経もなく、むしろ川端賞決定の記念会のようなものであった。ついでに言えば、法廷での白いワイシャツに黒いネクタイという私の服装は、法事用のものであった。

車の中で、候補作品の一つに引用されていた、

仏壇も火《こ》燵《たつ》もあるや四畳半

という正岡子規の句が、しきりに頭に浮んできた。

出典・初出

『吉行淳之介エッセイ・コレクション1　紳士』（ちくま文庫　二〇〇四年）は『1　紳士』、『吉行淳之介エッセイ・コレクション2　男と女』（ちくま文庫　二〇〇四年）は『2　男と女』、『吉行淳之介エッセイ・コレクション3　作家』（ちくま文庫　二〇〇四年）は『3　作家』と略記。

※／の上が出典、下が初出

第一章　文学

・文学を志す『3　作家』／『わたくし論』白凰社　一九六二年
・私はなぜ書くか『3　作家』／『なんのせいか　吉行淳之介随想集』大光社　一九六八年
・「甲種合格」と「即日帰郷」『3　作家』／『石膏色と赤』講談社　一九七六年
・戦中少数派の発言『3　作家』／『軽薄派の発想』芳賀書店　一九六六年
・戦没者遺稿集について『3　作家』／『なんのせいか　吉行淳之介随想集』
・廃墟の中の青春『3　作家』／『戀愛作法』文藝春秋新社　一九五八年
・タダでは起きない『3　作家』／『雑踏のなかで』潮出版社　一九八三年
・作家は職業か『3　作家』／『わたくし論』

・草を引っ張ってみる『3　作家』／『ずいひつ　樹に千びきの毛蟲』潮出版社　一九七二年
・飼い馴らしと書きおろし　同右
・作品と制作プロセス『3　作家』／『わたくし論』
・小説とモデル問題について　同右
・営業方針について『3　作家』／『木馬と遊園地』潮出版社　一九八三年
・批評家に望む『3　作家』／『わたくし論』
・断片的に『3　作家』／『私の文学放浪』
・私の文章修業『3　作家』／『街角の煙草屋までの旅』講談社　一九七九年
・水のような『3　作家』／『人生読本　文章』河出書房新社　一九七八年（『文學界』一九七六年七月）

第二章　男と女

・なんのせいか『3　作家』／『なんのせいか』
・なぜ性を書くか『2　男と女』／『軽薄派の発想』
・嫉妬について『2　男と女』／『青春の手帖』講談社　一九五九年
・恥『3　作家』／『ぼくふう人生ノート』いんなあとりっぷ社　一九七五年
・やさしさ『2　男と女』／同右

・女を観る目　同右
・決断　同右
・青春の本質にあるもの『3　作家』／『私の恋愛論』大和書房　一九七〇年
・プラトニック・ラブ再考『2　男と女』／『女性にちょっとひとこと』大和書房［女性論］文庫　一九八三年

第三章　紳士

・紳士契約について『1　紳士』／『不作法のすすめ』角川文庫　一九七三年（現在、中公文庫）
・金の使い方に関する発想法　同右
・男のおしゃれについて『1　紳士』／『女性にちょっとひとこと』
・紳士はロクロ首たるべし『1　紳士』／『不作法紳士』集英社　一九六二年
・「根性」この戦後版ヤマトダマシイ『軽薄派の発想』
・靴のはなし『3　作家』／『街角の煙草屋までの旅』
・眼の変化『3　作家』／『石膏色と赤』
・雑踏の中で『3　作家』／『わたくし論』
・酒の飲み方『1　紳士』／『ぼくふう人生ノート』
・へたな飲み方『1　紳士』／『快楽の秘薬』青春出版社　一九六六年

・食事作法について　『1　紳士』／『女性にちょっとひとこと』
・病気見舞ということ　『1　紳士』／『人工水晶体』講談社　一九八五年
・七つ数えろ　『1　紳士』／『やややのはなし』文藝春秋　一九九二年（現在、P＋D BOOKS）
・気に入らぬ風もあろうに柳かな　同右

第四章　人物

・荷風の三十分　『2　男と女』／『不作法紳士　男と女のおもてうら』
・三島事件当日の午後　『石膏色と赤』
・文豪の娘について　『3　作家』／『ずいひつ　樹に千びきの毛蟲』
・永井龍男氏との縁　『犬が育てた猫』文藝春秋　一九八七年
・「件」のはなし　同右
・川崎長太郎さんのこと　同右
・昭和二十三年の澁澤龍彦　『やややのはなし』
・色川武大追悼　同右
・窮死した詩人との出合い／『わたくし論』
・実感的十返肇論　『なんのせいか』
＊

四畳半襖の下張「裁判」法廷私記　『2　男と女』／『鬱の一年』

解説　読むほどに沁みる、吉行エッセイ

大竹聡

吉行淳之介は憧れの作家だ。博識にして、才気に溢れ、世俗に通じ、書くものおしなべて粋であり、見目麗しく、一度ラジオで聴いたことがあるけれど、声がまた太くてマイルド、ゆったりとした話しぶりが洒落ていた。

万事につけ真逆の筆者からすれば嫌味な存在になっていて不思議ではない。けれど、ときどき読みたくなる。声を聴きたい、といったほうが正確かもしれない。そんなときはいつも、『吉行淳之介エッセイ・コレクション』全四巻のいずれかを手に取り、開いたそのページから読んできた。今回、前回のシリーズからの抜粋に新たな作品も加えて再編集されたことはファンとしてなにより嬉しい。

吉行淳之介は、作家としての身のこなし、酒場での嗜み、広くて深い交友、男女の難しいところ、おもしろいところ、題材を選ばずスパッと切る。どんなくせ球、つり球、変化球もバットの芯で見事にとらえてクリーンヒットにしてしまう。

筆者は吉行淳之介の読者になってもう三〇年以上になるが、最初は、男女の何事も知らないのに「砂の上の植物群」や「夕暮まで」を読んで痺れていた。この作家の描

く世界に憧れていただけだと思うけれど、今、こちらも五〇代半ばの読者となってみると、むしろエッセイに心惹かれるような塩梅なのだ。

本書収録の「私の文章修業」の、こんな箇所に惹かれる。

〈年齢の問題も、そこに加わってくる。五十歳を過ぎたころから、

「あ、いや、やめて」

と、何某子は言った。

というような文章を書くと、なにやら阿呆らしい気分が起りはじめた。〉

率直というか、正直というか、それでいて自らの置かれた状況を突き放しているような態度がおかしく、笑いがこみあげた。

「紳士はロクロ首たるべし」では、「紳士とは人間らしい人間である」とする一方で、自分は紳士ではないし、人間らしい人間でもないから、長く心に喰いこんでいることを調べることで、紳士への道を考える。

そこに娼家におけるふたつのエピソードが描かれる。そのひとつ。筆者自身が昼から妓を訪ねたとき、後から別の客がやってきた。先客がいると妓から聞かされた客は、〈よろしく言ってくれ〉と告げて去るのだ。

お互い、昼間っからよくやるな、という、穏やかな気分の交換があり、それを仲介

する妓にも、肩の力が抜けた、いっそ、清々しいような風情が漂う。

そういう些細なことに、人間らしい人間を見る。この作品は一九六二年刊行の単行本に収録されているので、もう半世紀以上前のものなのだが、どこかほのぼのとして、心に残る。紳士になるための何カ条といったお為ごかしの正反対。筆者のような田舎の野暮天でも、この年齢になってやっと気持ちが汲める、大人の挿話だと思う。

カネについての考察もおもしろい。百円札を眺めて、うどん四杯分に見えるか、カレーライス一杯分に見えるか、それともナイトクラブのボーイへのチップに見えるか。そのときの見え方によって、それ以上にもそれ以下にも使わなければ問題なし、ということなのだ。が、ここにも、著者自身の抜群のエピソードが添えられる。大事なオチだから、ここに書くことを控えるが、最後に自分のネタで落とす、その手法がさりげなく、鮮やかだ。

今回の再読で、もっともおもしろかったのは、「雑踏の中で」というごく短い作品。街を好み、雑踏を愛する作家は、ひとりで酒を飲みに出る。ビアホールで少し、場末の酒場でもう少し。酔えば人恋しくなって誰かに会えそうな店へ行き、おしゃべりをして、しばらくするとひとりに戻りたいが、ずるずるとハシゴをし、最後の店を出たら、ようやくひとり、街の灯りを眺めている。それだけの小品が妙に沁みた。

本書の第四章は「人物」をテーマに編まれている。これまでのシリーズに収録されておらず、筆者も初めて読むものがいくつもあったが、「色川武大追悼」という一文には心を揺さぶられた。ふたりの出会いのときから書き起こし、色川の麻雀の力量に触れ、作家としての業績に触れ、奇病に苦しむ氏の相貌を浮かび上がらせ、最後の訪問の様子を描く。

色川武大がそのときつぶやくようにして言ったひと言は、読み終えてしばらくの間、頭の中に何度も響くようだった。

筆者はこの拙い文章をゲラ刷りを読んで書いているのだが、読み終えたばかりだというのに、もう、完成が待ち遠しい。編者の荻原魚雷さんにとって、作品の取捨は愉楽でもあり、たいへんな労苦だったことでしょう。貴重な一冊をありがとう。刊行祝いに一杯やりながら、吉行話をたくさん聞かせていただきたい。

そんなことを、今、思っています。

本書のなかには今日の人権意識に照らして不当・不適切な語句や表現がありますが、時代的背景と作品の価値にかんがみ、また、著者が故人であるためそのままとしました。

本書は、ちくま文庫のためのオリジナル編集です。

現代語訳 文明論之概略　福澤諭吉　齋藤孝訳

「文明」の本質と時代の課題を、鋭い知性で捉え、巧みな文体で説く。福澤諭吉の最高傑作にして近代日本を代表する重要著作が現代語でよみがえる。

それからの海舟　半藤一利

江戸城明け渡しの大仕事以後も旧幕臣の生活を支え、徳川家の名誉回復を果たすため新旧相撃つ明治を生き抜いた勝海舟の後半生。（阿川弘之）

戦う石橋湛山　半藤一利

日本が戦争へと傾斜していく昭和前期に、ひとり敢然と軍部を批判し続けたジャーナリスト石橋湛山。壮烈な言論戦を大新聞との対比で描いた傑作。

もうひとつの天皇家 伏見宮　浅見雅男

戦後に皇籍を離脱した11の宮家――その全ての源流となった「伏見宮家」とは一体どのような存在だったのか？　天皇・皇室研究には必携の一冊。

幕末維新のこと　司馬遼太郎　関川夏央編

「幕末」について司馬さんが考えて、書いて、語ったことの真髄を一冊に。小説以外の文章・対談・講演から、激動の時代をとらえた19篇を収録。

東條英機と天皇の時代　保阪正康

日本の現代史上、避けて通ることのできない存在である東條英機。軍人から戦争指導者へ、そして極東裁判に至る生涯を通して、昭和期日本の実像に迫る。

水木しげるのラバウル戦記　水木しげる

太平洋戦争の激戦地ラバウル。その戦闘に一兵卒として送り込まれ、九死に一生をえた作者が、体験が鮮明な時期に描いた絵物語風の戦記。

明治・大正・昭和 不良少女伝　平山亜佐子

すれっからしのバッド・ガールたちが、魔都・東京を跋扈する様子を生き生きと描く。自由を追い求めた近代少女の真実に迫った快列伝。（井上章一）

鬼の研究　馬場あき子

かつて都大路に出没した鬼たち、彼らはほろんでしまったのだろうか。日本の歴史の暗部に生滅した〈鬼〉の情念を独自の視点で捉える。（谷川健一）

武士の娘　杉本鉞子　大岩美代訳

明治維新期に越後の家に生まれ、厳格なしつけと礼儀作法を身につけた少女が開化期の息吹にふれて渡米、近代的女性となるまでの傑作自伝。

ちくま文庫

吉行淳之介《よしゆきじゅんのすけ》ベスト・エッセイ

二〇一八年二月 十日 第一刷発行
二〇二四年六月二十日 第二刷発行

著　者　吉行淳之介（よしゆき・じゅんのすけ）
編　者　荻原魚雷（おぎはら・ぎょらい）
発行者　喜入冬子
発行所　株式会社 筑摩書房
東京都台東区蔵前二―五―三　〒一一一―八七五五
電話番号　〇三―五六八七―二六〇一（代表）
装幀者　安野光雅
印刷所　三松堂印刷株式会社
製本所　三松堂印刷株式会社

ISBN978-4-480-43498-2 C0195